Erich Schmidt

Verteidigung des Herrn Wieland gegen die Wolken

No. 121, Dritte Folge No. 1

Erich Schmidt

Verteidigung des Herrn Wieland gegen die Wolken
No. 121, Dritte Folge No. 1

ISBN/EAN: 9783337359881

Hergestellt in Europa, USA, Kanada, Australien, Japan

Cover: Foto ©Andreas Hilbeck / pixelio.de

Weitere Bücher finden Sie auf **www.hansebooks.com**

No. 121.   Dritte Folge No. 1.

Deutsche Litteraturdenkmale

des 18. und 19. Jahrhunderts

herausgegeben von **August Sauer**

VERTHEIDIGUNG DES HERRN WIELAND GEGEN DIE WOLKEN VON DEM VERFASSER DER WOLKEN

(1776)

3

VON

J. M. R. LENZ

HERAUSGEGEBEN

VON

ERICH SCHMIDT

BERLIN W. 35

B. BEHR'S VERLAG

1902

Inhalt.

Vorbemerkung.

Der Kampf der Geniezeit gegen Wieland, im göttingischen Kreise von »Nonsensesängern« gegen »Wollustsänger« (Lichtenberg), zumal durch Voss sittenrichterlich geschürt, im rheinischen durch Goethes »Götter, Helden und Wieland« entfacht, bedarf einer umfassenden Darstellung, die wir von Seuffert nach seinem trefflichen Aufsatz (Zs. für deutsches Altertum 26, 252 ff.) erwarten. Im April 1774 hatte Jacob M. R. Lenz in Kehl Goethes übermütige Satire drucken lassen, und so war ein von Wieland am 29. Januar 1773 Gottern zugeraunter Wunsch ganz anders erfüllt worden: »Könnten Sie sich entschliessen eine kleine Parodie, etliche Aristophanische Scenen zu machen, worin Sie nicht den Bacchus, sondern den Apollo ... zu den Schatten herabsteigen liessen, um Opitzens, Canitzens, Hagedorn's, Liscows etc. Seelen wiederzuhohlen. Unsre Liederdichter könnten das Chor der Frösche dabey vorstellen. Ich möchte gar zu gerne dass diesem Geschmeisse auf ein oder die andere Art ein Ende gemacht, und die guten Köpfe erweckt würden, was anders als Lieder zu machen.«

Goethe wurde durch Wielands überaus kluge und geistreiche Haltung, die im Juniheft des Teutschen Merkur 1774 den schalen Götz-Recensenten eingehend desavouierte, doch auch jene Farce heiter hinnahm, und durch die erste persönliche Anknüpfung mit Weimar dem Kampfplatz entzogen. Wir hören sein lebendiges Wort unmittelbar aus dem köstlichen von Johanna Fahlmer niedergeschriebenen Gespräch (Goethe-Jahrbuch 2, 379), aber trotzdem noch 1775 mehr als eine kriegerische Drohung, und es ist Lenz, den Goethe damals für den gefährlichsten Widersacher des »Nachbar Gorgias« hält. Bei Lenz wirkten ethische Grillen mit dem Zorn über Recensionen im Teutschen Merkur zusammen. Zwar muss er selbst gestehen, es sei ihm glimpflich begegnet worden: die Anzeige der »Lustspiele nach dem Plautus« (September 1774, S. 355 f.) und des »Hofmeisters« (ebenda S. 356–8) sind vorwiegend sehr günstig; auch »Der neue Menoza« (November 1774) könnte leicht viel übler fahren, und in der scharfen Recension des göttingischen Almanachs (Januar 1776, S. 86) finden die »kleinsten Schnitzen« aus Goethes oder Lenzens Brieftasche neben Klopstock und Claudius ihr Platzrecht. Der Verfasser des »Leidenden Weibes«, Klinger, wird freilich (August 1775, S. 177) ein Nachahmer Lenzens genannt mit dem Zusatz: »Der Nachahmungssucht schreibe ich auch die unartigen Ausfälle zu, die der rüstige Knabe auf Wieland gethan.« Die »Unterredungen zwischen W** und dem Pfarrer zu ***«, deren Abwehr des Vorwurfs, Wieland stelle gewisse Laster verführerisch reizend dar, Lenz selbst später anerkennt, erschienen vom April 1775 an, also gerad in der Zeit, wo Lenz den mörderischen Kampf betrieb. Ihre überlegnen Worte gegen den »redlichen, die Tugend mit Enthusiasmus liebenden Jüngling Voss« (S. 82), Aussprüche wie dieser: dass »ein junger unerfahrner Neuling in der Welt unmöglich ein Sokrates seyn kann« (S. 83) samt der Wendung von »unreifen muthwilligen Jungen, die sich zu Richtern aufwerfen« waren nicht danach angethan, den Ehrgeiz und die Neusüchtigkeit eines Herolds der vorrückenden Generation alsbald zu dämpfen.

Lenz fühlte sich schwer gekränkt durch den Hohn, den Wieland einer ausdrücklich Lenz, nicht Goethe als Verfasser nennenden leeren Recension der »Anmerkungen übers Theater« (Januar 1775, S. 94 f.; Schmid) beigefügt hatte, obwohl diese dramaturgischen Rhapsodien gegen Aristoteles und die Franzosen ihn aus dem Spiele lassen, ja seine Übersetzung des »Julius Caesar« ruhig citieren. Der

»W.« unterzeichnete »Zusatz des Herausgebers« lautet (S. 95 f.):

Der Verfasser der A. ü. Th. mag heissen wie er will, traun! der Kerl ist 'n Genie, und hat blos für Genien, wie er ist geschrieben, wiewohl Genien nichts solches nöthig haben. Sollt ihm dies aber nicht erlaubt gewesen seyn? Durft er doch schreiben, was gar niemand, was er selbst nicht verstunde! Wer konnt's ihm wehren? Fürs Publikum ist so was freylich nicht. Denn was soll dies damit machen? Wie soll es dem Genie seine Räthsel e r r a t h e n? oder e r g ä n z e n, was der geheimnissreiche Mann nur halb sagt? oder ihm in seinen Gemssprüngen von Klippe zu Klippe nachsetzen? — Sein Ton ist ein so fremder Ton, seine Sprache ein so wunderbares Rothwelsch, dass die Leute dastehn, und 's Maul aufsperren, und recken die Ohren, und wissen nicht ob sie süss oder sauer dazu sehen sollen; — sehen also Höflichkeits halben, und u m s i c h e r z u g e h e n, lieber s ü s s, wie die meisten Zeitungsschreiber und Recensenten. — Sein Ton ist nicht der Ton der Welt; es ist auch nicht der Ton der U n t e r s u c h u n g; S c h u l t o n ist's auch nicht; K e n n e r haben sonst auch noch nie so gesprochen. Was ist's denn? Es ist der Ton eines S e h e r s, der Gesichte sieht, und mit unter der Ton eines *Quomebaccherapistuiplenum*, der seinen Mund weit aufthut, um etwas h e r r l i c h e s, f u n k e l n e u e s, n o c h v o n k e i n e m M e n s c h e n s o h n g e s a g t e s zu sagen, und dann gleichwohl (wie Horaz in seinem Rausche) gerade nichts sagt, das sich der Müh verlohnte, das Maul so weit aufzureissen. Mag seyn, dass ein solcher begeisterter Seher oder Genie allerley Dinge sieht, die wir andern Leute, die ihrer Sinnen mächtig sind, nicht sehen — auch wohl z w o o S o n n e n, z w o o T h e b e n für eine — aber das Unglück ist, dass der Leser selten gewiss werden kann, w a s der Mann gesehen hat, und ob er auch r e c h t gesehen hat. Ein solch Büchlein, so klein es ist, den Lesern, die keine Genien sind, verständlich zu machen, zu prüfen, das Korn von der Spreu zu scheiden, und zu zeigen, was darinn gesunde Kritik, und was eitel schaales Persiflage ist, was würklich neugedacht, und was nur durch die Affectation seltsamer Wendungen, Wortfiguren und Nothzüchtigung der Sprache den Schein einer unerhörten Entdeckung bekommen hat, wiewohl Andre das lange vorher kürzer, deutlicher und richtiger gesagt haben, — Alles dies zu thun, müsste man ein Buch in Folio schreiben; und wer soll's schreiben? oder, wenn's geschrieben wäre, wer soll's lesen?

Uebrigens, wenn unsre Leser sich mit ihren sehenden Augen überzeugen wollen, dass es auch schon im Jahre 1773, und also wenigstens ein Jahr vorher, eh der Verfasser der Anmerkungen der Welt sein Lichtlein leuchten liess, Leute gab, welche wussten, worinn S h a k e s p e a r s grosser Vorzug besteht: so ersuchen wir sie nur im 3ten Band des T. Merkurs die 184 und 185ste Seite zu lesen [August 1773 S. 183–188 Wielands enthusiastischer Aufsatz »Der Geist Shakespears«], und dann — das Buch wieder zuzumachen.

Lenz wollte diesen dem jungen Geschlecht, seinen Göttern und Götzen vermeintlich unholden Inhaber der einflussreichen bellettristischen Recensieranstalt, diesen falschen bethörenden Graziendichter, diesen undeutschen Makler fremden Giftes, wie er ihn sich karikierte, in den Staub strecken und Wieland nicht bloss mit Schrotschüssen des Epigramms (»Der Archiplagiarius«; Weinhold, Gedichte von J. M. R. Lenz 1891, S. 105) oder kleineren Satiren (»Menalk und Mopsus« ebenda S. 90, »Éloge de feu Monsieur **nd« S. 99), nicht bloss mit einer grobwitzigen persönlichen Episode des »Pandämonium Germanicum« (s. Beilage I), sondern auch mit der vollen Ladung einer modernen Aristophanischen Komödie treffen. Warum musst' ich, fragt er in einem Brief, gerad über Aristophanes sitzen, als Wieland mich beleidigte? Diese »Wolken« hat uns, nach Andeutungen Jegórs v. Sivers (»J. M. R. Lenz. Vier Beiträge zu seiner Biographie und zur Litteraturgeschichte seiner Zeit«, Riga 1879), Karl Weinhold durch genaue kritische Zusammenstellung der Briefnachrichten und den Abdruck spärlicher Reste näher gebracht. Ich wiederhole nicht, was in seinem Buche »Dramatischer Nachlass von J. M. R. Lenz« 1884, S. 313 ff. zu lesen ist.[A] Die Handschriften vom Sommer 1775 und vom nächsten Frühjahr sind unwiederbringlich verloren, der bei Helwing in Lemgo bis zum März 1776 durch Boies Vermittelung hergestellte Druck ist auf Lenzens Wunsch völlig zerstört worden. Den ersten Anstoss dazu gab die Rücksicht auf Wielands Jugendgeliebte Sophie v. La Roche und die Kunde, Wieland habe ihren Sohn erzogen.

Der Vorgang, dass jemand eine gar nicht erschienene Satire

9

selbst öffentlich ablehnt, ist wohl unerhört und sogar dem litterarischen Maskenspiel Hamanns fremd. Die »Vertheidigung« muss im Spätjahr 1775 geschrieben sein; den Plan wird Lenzens Wort an Boie (September?) andeuten: »Ich habe ein Mittel, alles das bei Wieland und seinem Publiko wieder gut zu machen, das ich aber in petto behalte.«

Briefe an Boie, dem durch Lenz auch eine Polemik Schlossers gegen die »Abderiten« und durch Weygand Goethes Wertherische »Anekdote« gegen Nicolai (Waldmann, Lenz in Briefen 1894, S. 50) für das Deutsche Museum angehängt werden sollte, und an Zimmermann unterrichten uns über den äusseren Verlauf. In demselben Brief (empfangen am 12. Febr. 1776), wo Lenz die Unterdrückung der »Wolken« oder wenigstens den Ersatz deutscher Namen durch griechische bedenkt, bittet er die »Vertheidigung« nicht beizugeben, sondern »als Palinodie, nicht als prämeditirte versteckte Apologie« für sich zu drucken. Sie soll auch ohne die »Wolken« ausgehen: »Desto origineller ist sie. Man kann dazusetzen, der Vf. habe den Druck der W. verhindert und weil viele sie im Mskpt gelesen, diess zu seiner Vertheidigung geschrieben. Ich will nichts dafür.« Unmittelbar darauf betreibt er nach ganz ähnlichen Worten den Druck der »Vertheidigung«, die Wielands »Hauptgesinnungen mehr schaden wird als alle Anschuldigungen. Ich kenne mein Publikum — und jetzt ist es Zeit. Wenn das Eisen ausgeglüht hat, fällt der Hammer zu spät.« Am 20. Februar empfängt Boie von Lenz den S. 2 mit winzigen Abweichungen gedruckten Entwurf einer Vorrede des Verlegers Helwing in Lemgo. »Die Wolken sind unterdrückt,« beteuert der Herausgeber der »Flüchtigen Aufsätze«, Kayser, der im Oktober 1775 die Publikation insgeheim in Ulm hatte besorgen wollen, nun am 3. März aus Zürich; »Die Vertheidigung der Wolken wird hier unter uns circuliren. Schlosser schrieb darunter: Helas tais-toi Jean Jaq [so] ils ne t'entendront pas — und das ist herrlich wahr.« Bald ging ein wunderlicher Bitt- und Mahnbrief Lenzens, der sehnsüchtige Blicke nach Weimar warf, an Wieland ab. Diesem sollten ein paar Exemplare der »Vertheidigung« anonym zugehn, »damit er sie desto eher bekommt und sein Misstrauen gegen uns entwaffnet wird« (an Boie, 11. März). Boie meldet (8. März), dass bei dem Todesurteil über die »Wolken« der erste »angedruckte« Bogen der »Vertheidigung« umgedruckt werden musste, wovon auch am 22. März (Waldmann S. 45) wiederum die Rede ist; Wieland solle zwei Exemplare kriegen. Wir erfahren, dass Helwing noch immer die »Vertheidigung« für ein Werkchen Goethes hielt, der übrigens von den »Wolken« gar nichts wusste (Waldmann S. 48). Lenz empfing Anfang Mai die »Vertheidigung« gleichzeitig mit der dem Buchhändler zum Schadenersatz für die »Wolken« überlassenen Komödie »Die Freunde machen den Philosophen« und konnte, begeistert für Weimar und für Wieland, die verabredete Sendung an diesen eben noch bei Boie widerrufen.

Einen langen sehr interessanten Erguss Lenzens an F. L. Stolberg (April oder Mai 1776) über seinen herrlichen Verkehr mit Wieland, »dem einzigen Menschen, den ich vorsätzlich und öffentlich beleidigt habe«, hat Dumpf 1819 im Vorwort des »Pandämonium Germanicum« mitgeteilt. Ich habe ihn jüngst aus diesem Versteck hervorgezogen (Lenziana S. 15, Sitzungsberichte der kgl. preuss. Akademie der Wissenschaften 41, 993) und wiederhole hier nochmals den Bericht, soweit er sich nicht auf das Persönliche, sondern Wielands eigenen Worten gemäss auf die litterarisch-sittlichen Grundsätze bezieht und damit auch der »Vertheidigung« vollends den Garaus macht:

In der That, bester Freund, ist ein wesentlicher Unterschied unter einem schlüpfrigen und einem komischen Gedicht, wie Wielands Erzählungen und Ritterromane sind. In den ersten werden die Unordnungen der Gesellschaft ohne Zurückhaltung mit bacchantischer Frechheit gefeiert und ihnen, dass ich so sagen mag, Altäre gesetzt, wie Voltaire und Piron thaten; in diesen werden die Schwachheiten und Thorheiten der Menschen mit dem Licht der Wahrheit beleuchtet und (wie könnte ein Philosoph sie würdiger strafen) dem Gelächter weiterer Menschen Preis gegeben. Mich deucht, der Unterschied ist sehr kennbar, und nur Leidenschaft konnte mich bisher blenden, ihn nicht zu sehen.

Man wirft ihm vor, dass seine komischen Erzählungen zu reitzend, gewisse Scenen darin zu ausgemalt sind. Ein besonderer Vorwurf! Eben darin bestand sein grösstes Verdienst, und der höchste Reiz seiner Gemälde ist der ächteste Probierstein für die Tugend seiner Leser Tugend ohne Widerstand ist keine, so wenig als einer sich rühmen darf, reiten zu können, wenn er nie auf etwas anders, als auf ein Packpferd gekommen. Eine solche furchtsame, träge, ohnmächtige Tugend ist bey der ersten Versuchung geliefert. Will also einer an diesem Eckstein sich den Kopf zerschellen, anstatt sich an ihm aufzurichten, so thut er's auf seine Gefahr. Dasselbe würde ihm bey der ersten schönen Frau begegnet seyn; darf er deswegen den Schöpfer lästern, der sie gemacht hat? Setzen wir diese nun auch in hundert noch reitzendere Verhältnisse, der Reine, dem alles rein ist, und der seinen Entschluss und seine Hoffnungen unwandelbar im Busen fühlt, wird, wenn wir sie zu Hunderten gruppirten, mit der Trunkenheit eines Kunstliebhabers, wie unter Griechischen Statuen vorbeygehn, ohne einen Augenblick zu vergessen, dass nur eine ihn glücklich machen kann. Überhaupt schweigt der thierische Trieb, je höher wir auch die Reitze der körperlichen Schönheit spannen, und verliert sich unvermerkt in die seelige Unruhe und Wonne des Herzens, das alsdann von neuen, menschenwürdigern, entzückendern Gefühlen schwillt, wohin ihn Wieland, an hundert Stellen seiner komischen Gedichte, so geschickt hinaufzubegleiten wusste. Welche Wohlthat er dem menschlichen Geschlechte dadurch erwiesen, wird ihm erst die Nachwelt danken: falls seine Gedichte etwa nicht, unglücklicherweise, anders gelesen werden sollten, als er sie gelesen haben will.

So war Lenzens »ewiger« Hass flugs in die schrankenloseste Bewunderung umgeschlagen. Wieland benahm sich mit vollendeter weiser Bonhommie. Der Widerruf geschah auch vor allem Volke, denn das Dezemberheft des Deutschen Museums brachte 1776 die »Epistel eines Einsiedlers an

Wieland« (Weinhold S. 205). Sie war in Berka entstanden. Dort hat der Waldbruder wohl auch das zuerst im Morgenblatt 1855 S. 782 gedruckte rührende Billet an Wieland geschrieben:

Es scheint, Lieber, du weisst nicht oder willst nicht wissen, wer die Ursache des ganzen literarischen Lärmens gegen dich war. Ich liess Götter, Helden und Wieland drucken, und ohne mich hätten sie das Tageslicht nimmer gesehen.

Ich hätte dir's in Weymar gesagt; ich fürchtete aber, es würde zuviel auf einmal geben. Einmal aber muss es vom Herzen ab, und so leb' wohl! Lenz.

Ob er auch über die »Wolken« Generalbeichte gethan hat? Jedesfalls begreift man seine den zuverlässigen Mittelsmann Boie (Waldmann S. 54) beleidigende Angst, der Druck möchte doch nicht spurlos zerstört sein. Ende Juni dankt er Zimmermann, auf dessen Rat er die Bekanntmachung sowohl der »Wolken« als der »Vertheidigung« sich sehr ernsthaft verbeten habe; »Zudem habe ich in der Vertheidigung Druckfehler gefunden, die dem ganzen Dinge ein schiefes und hässliches Ansehen geben, 'gefühllos' statt 'gefühlig', gewiss ich müsste selbst gefühllos seyn wenn ich die Bekanntmachung einer so nachtheiligen Vertheidigung W. ertragen könnte. Statt N. ist J. [gedruckt] und andere dergleichen Späsgen die mir den ganzen Zweck der Schrift verderben, die überhaupt bey unsrer gegenwärtigen Lage wenig Wirkung thun wird.« Später wird noch durch Boie dem wackeren Helwing eine Ehrenerklärung gegeben und die Zurückziehung der »hoffentlich nicht verkauften Exemplare der Vertheidigung« wie das Autodafé der »Wolken« in Zimmermanns Gegenwart gefordert. Es war zu spät. Der Leipziger »Almanach der deutschen Musen auf das Jahr 1777« S. 9 (nichtssagende Notiz), des herausgeforderten Nicolai Allgemeine deutsche Bibliothek (Anhang zu Bd. 25–36, S. 774 f.; unterzeichnet A., d. h. nach Parthey: Beckmann), Schubarts Teutsche Chronik (18. Juli 1776; 58.

Stück, S. 461 f.) bringen Recensionen. Diese beiden widersprechenden mögen hier folgen. Das Berliner Organ sagt über »Vertheidigung« und »Éloge«:

Ein Paar elende Scharteken. Hr. L e n z, von dem eine Zeitlang einige Leute ein gewaltiges Lärm [so] machten, als ob er, wer weiss was für ein Genie wäre, schreibt auf Herrn W i e l a n d ein Pasquill, die W o l k e n betitelt. Er nimmt nachher, a u s w i c h t i g e n G r ü n d e n, wie er sagt, den heilsamen Entschluss, den D r u c k dieses Pasquills zu h i n t e r t r e i b e n. Er weiss aber den Schritt, den er im A r i s t o p h a n i s c h e n S p l e e n z u w e i t g e t h a n, nicht anders g u t z u m a c h e n, als dass er eine Vertheidigung W i e l a n d s gegen eben diese W o l k e n schreibt, deren sehr unnöthige Existenz wir sonst gar nicht wusten, und erst hierdurch erfahren. Es ist wohl ein Zeichen der gewaltigen Eitelkeit des Verf. dass er auch der Welt einen solchen ungedruckten Wisch hat ankündigen wollen. Er schwatzt dabey über allerley Sachen ins Gelag hinein, als ob er sie verstände, unter andern auch über die a l l g e m e i n e d e u t s c h e B i b l i o t h e k, wowider es nicht der Mühe werth ist ein Wort zu verlieren. Dabey ist es sehr possierlich, mit wie vielem Eigendünkel er S. 32 mit Hrn. W. rechtet, und vermeynet, Hr. W. hätte es an ihm verdienet, dass er noch schlimmer mit ihm verführe. »Mit alledem ... gescholten hätte« [hier 20,14–32. Zu dem Wort »Kunstrichter« Fussnote: »Hr. L. muss wohl glauben, er könne beyde Mienen sehr leicht annehmen.«] Als ob, wenn auch alles dieses wahr wäre, seine v e r f e h l t e S c h a k e s p e a r i s c h e Manier dadurch im geringsten besser würde. Aber solchen Leuten kommt es nur darauf an, das F l e c k c h e n zu finden, wo es am wehesten thut.

Unter dem Titel *Eloge* stehen drey sehr mittelmässige Gedichte ... womit auch W. soll w e h e g e t h a n werden. Es ist aber alles so übertrieben und so platt, dass auch da, wo d. V. einigermassen wider W. recht haben [mag], niemand auf seine Seite treten wird.

Dagegen urteilt Schubart, denn er ist es offenbar selbst:

Vor einiger Zeit gieng eine Komödie, die Wolken betitelt, im Msct. herum, worinnen Wieland und Nikolai mit Aristophanischer Bosheit misshandelt wurden. Da entschuldigt sich nun dessfalls der Verfasser in einem Bogen und legt sein Glaubensbekänntniss vom Wieland und mit unter auch von Nikolai ab, so, dass der erste damit zufrieden seyn, der leztere aber schreyen muss über den harten schmerzhaften Angrif eines Mannes, der ihm an Genie so weit überlegen ist. So kühn, so steif [so] und gutsinnig, so gedankenvoll und tiefsinnig, so im Feuerstrome ausgegossen, ist noch wenig geschrieben worden, wie hier diese drey Bogen. Am Ende räth er Wielanden zur Strafe für viele seiner sittenverderbenden Schriften — in seinem Alter Dichterruhe auf Lorbeern an. Sind 40. Jahre schon das Greisenalter des Dichters? — Nicht doch! Homer schrieb seine Odyssee im fünfzigsten Jahr. Klopstock einige seiner vortreflichsten Stücke vom 40. bis zum 50sten Jahr, und Young seine Nächte gar im 80sten Jahr. Dass Wielands Phantasie noch bey weitem nicht ausgetrocknet sey, beweisen seine neusten poetischen Stücke im Merkur, die gröstentheils voll Lebensfeuer sind.

Indessen wirds jeder Leser (versteht sichs, wer lesen kann) gar leicht sehen, dass diese Bogen einen unsrer ersten und vortreflichsten Köpfe zum Verfasser haben. Feuer muss da seyn, wo einem die Flamm' ins Gesicht schlägt.

Sachlicher Erläuterungen bedarf es im einzelnen nur ganz wenig. 4,6 Aristophanes, Ritter V. 637 νυν μοι θρασος και γλωτταν εὐπορον δοτε φωνην τ' αναιδη. 28 Hesiod, Werke u. Tage V. 25 και κεραμευς κεραμει κοτεει και τεκτονι τεκτων και πτωχος πτωχω φθονεει και αοιδος αοιδω. 6,32 Vgl. an Sophie v. La Roche o D. (Euphorion 3, 538): »Sie sehen, warum ich Wieland als Menschen lieben, als komischen Dichter bewundern kann, aber als Philosophen hasse und ewig hassen muss.« 10,28 ff. Nicolai, 12,14 In der »Gelehrtenrepublik« (5. Morgen) sagt ein »Ausrufer«, nach den Gesetzen habe jeder freilich nur Eine Stimme — »aber, der Wirkung nach, haben wir viele Stimmen; sind wir Richter.« 35 Wielands sauersüsses Nachwort zu der »Crudität«: »Über das Ideal einer Geschichte«, anonym im T. Merkur Mai 1774, S. 195–213; Nachwort S. 214–217. 13,1 Nicolai. 32 Diels verweist mich freundschaftlich auf Demosthenes, Kranzrede 5 παντων μεν γαρ αποστερεισθαι λυπερον εστι και χαλεπον, μαλιστα δε της παρ' ἡμων ευνοιας και φιλανθρωπιας, ὁσωπερ και το τυχειν τουτων μεγιστον εστιν. 33 Herder. 14,10 Der Δικαιος λογος, »Wolken« V. 906. 16,1 Nicolai. 4 Sebaldus Nothanker. 17,3 »Das Urtheil des Midas«, T. Merkur Januar 1775. 16 »Wetterhahn«, s. auch Anm. übers Theater S. 14. 32 »Uebersetzung einer Stelle aus dem Gastmahl des Xenophons« (6,1), mit heftigem Protest gegen den »bübischen Aristophanes«, verlesen in der Strassburger Gesellschaft am 1. Februar 1776, noch ungedruckt. 20,23 Wieland betont namentlich in seiner so unbefangenen Götz-Recension die Forderungen der Schaubühne, T. Merkur Juni 1774 S. 324 ff. 28 »rüstigen Knaben« wohl Anspielung auf T. Merkur August 1775, S. 177. 29 Alceste. 33 Die »Geschichte des

Philosophen Danischmende« erschien seit dem Januar 1775 im T. Merkur.
22,36 Werthers Leiden. 24,30 Vgl. den Schluss der »Soldaten«. 25,27 Vgl.
»An mein Herz«, Gedichte ed. Weinhold S. 109 ff. (110 V. 58 »vertaubt«).

Zum Text. Die vielen, manchmal sehr starken Anakoluthien wie 18,1–17,
22,18–23,1 oder Zerfahrenes wie 21,26 ff. bleiben natürlich bestehen; auch
allerlei Schwankungen der Orthographie, soweit nicht der Zufall eine
vereinzelte Abnormität bietet. 6,7 auf dem fett 7,6 Endtzwecke; in den Anm.
übers Theater steht Entzweck 20 zeigen, nicht »zeugen von« ist bei Lessing
u.s.w., Goethe u.s.w. nicht selten 8,36 öftern 9,14 sich ist wohl aus
Versehen, da das obige nachklang, ausgefallen 32 Punkt mit dem, Lenz
wollte dann »verbinden« oder »vereinigen« schreiben 10,26 Richtscheid als
Masc. wie Entscheid 11,10 dem 37 Ebenheurer 12,2 Gesicht, das 8 Las;
Lenz mag ja in der Eile so geschrieben haben, wie er sogar 'Parnas' schreibt
23 Fischglocke 25 gleichfals, sonst hier nie 31 daß Wir 36 Skiagraphie zu
ändern ist nicht geboten, da Lenzens Griechisch manchmal inkorrekt
erscheint 13,23 sollten. — 25 heimsucht 14,33 wovon fett 15,22 seyn:
seyen, wie bei Kant, Herder u.s.w. 34 sobald 16,1 J. Lenz moniert den
Druckfehler, an Zimmermann s. o. 17,4 konnte, die Leben 18,21 Komma
fehlt 32 Verdienste nicht fett 19,10 Amadisse, daß 18 und die 22,1 Wohl dem
19 den ersten 24,24 glaubt zu ändern? 25,16 ihre V., ihre 17 ihre 20 Sie 34
seit ab gegen 28,2 26,3 thönen gegen die Norm (auch Anm. übers Theater
S. 8) 27,22 erborgtes läge näher 29 gefühligen korrigiert Lenz selbst statt
des Druckfehlers gefühllosen, an Zimmermann s.o. 28,6 ihre 17 ihr

Beilagen. 1. »Pandämonicum Germanicum«
Die Scene ist aus der in einem zu Weinholds
Doktorjubiläum 1896 als Privatdruck von Berliner
Germanisten mit den Varianten des Dumpfischen
Manuskriptes und einem Kommentar herausgegebenen
Maltzahnischen Handschrift; beides nun in der Kgl.
Bibliothek vereinigt. Tieck und Sauer wiederholen den
Nürnberger Druck, an dessen lässigen und willkürlichen
Abweichungen nicht Dumpf, sondern der Verleger Campe
die Schuld trägt. Vgl. zur Überlieferung noch Falck, Sterns
Litterarisches Bulletin der Schweiz V 1896, No. 1 f.

29,11 πω und 30,23 danzen schreibt Lenz auch sonst 31,1 Sophie v. La
Roche.

2. »Meynungen eines Layen den Geistlichen

zugeeignet. Stimmen eines Layen auf dem letzten theologischen Reichstage im Jahre 1773. Leipzig in der Weygandschen Buchhandlung. 1775« 189 S. Vgl. über diese anonyme Schrift, deren Einkleidung auf Klopstocks »Gelehrtenrepublik« weist, deren Tendenzen in erster Linie von Herder ausgehen, einstweilen meine Notiz, Lenziana 1901, S. 5 f. (Sitzungsberichte der kgl. preuss. Akademie der Wissenschaften 41, 983 f.). Die ästhetisch-ethische Abschweifung berührt den Gedanken- und Tendenzenkreis der »Vertheidigung«.

33,5.6 er nicht in »es« zu ändern, da Lenz für Kind der Natur in Gedanken »Mensch« substituiert; auch ist 34,2 dauerhaftern nicht geboten 34,14 vgl. Anm. übers Theater S. 28 18 im dritten Absatz »Von deutscher Baukunst«.

Vertheidigung
des
Herrn W.
gegen die Wolken
von dem
Verfasser der Wolken.

Nec sum adeo informis.

Virg. Eccl. 2. v. 25 & sq.

1776.

Nachricht des Verlegers.

Der Verfasser dieser kleinen Schrift hatte mir eine Handschrift zugesandt, deren Druck er nachher aus wichtigen Gründen zu hintertreiben für gut fand. Da diese Schrift aber doch durch verschiedene Hände gegangen war, fürchtete er, sie könte bei einigen seiner Leser nicht nur widrige Eindrücke gegen die darin vorkommenden Personen, sondern auch wider den Verfasser selbst, der, als er sie schrieb, seiner Einbildungskraft und seinen Leidenschaften Zügel anzulegen nicht im Stande war, zurückgelassen haben. Diese auszulöschen schrieb er folgende Vertheidigung der in den Wolken vorgestellten Personen und seiner selbst, weil er einen Schritt, den er im Aristophanischen Spleen zu weit gethan, auf keine andre Art gut zu machen wuste, um zugleich durch sein Beispiel allen seinen jungen Landesleuten, die in ähnliche Umstände kommen könten, einen Wink der Warnung zu hinterlassen.

Da sich sogar in der Katholischen Kirche, die eine Unfehlbarkeit des Pabstes zum ersten Grundsatz ihres Glaubens annimmt, von dem übel unterrichteten zum besser unterrichteten Pabst appelliren läßt, so wird hoffentlich einen großen Theil meiner Leser nicht befremden, wenn ein Dichter, der gewiß nicht mit kaltem Blut schrieb, bei gelassenerm Nachdenken manche Schritte, die sein Flügelroß gemacht, hernach selbst, wo nicht mißbilligt, doch entschuldigt und dafür um Nachsicht bittet. Er übersah seinen Weg, und das Ziel, wohin er kommen wollte, vorher, hernach setzte er nulla habita ratione über Stock und Stein, dahin zu gelangen; er sieht sich um, und findet, daß er von der Landstraße abgeirret, durch manche Sümpfe gesetzt, sich und andere mit Koth bespritzt, und nun zittert er, wohl gar durch sein Beyspiel andere Strudelköpfe zu seiner Nachah-[4]mung bewogen, und wieder sein Wissen und Willen in die äußerste Gefahr gestürzt zu haben, im Sumpf unterzusinken und dem Auge der Sterblichen entzogen zu werden.

Es ist nichts leichter als eine Aristophanische Schmähschrift geschrieben, es möchte aber in manchen Fällen ein wenig schwer werden, sie zu vertheydigen. Zum ersten gehört weder sehr ausgeschliffener Witz, noch sehr kühne und schöpferische Phantasie, noch auch großer Scharfsinn, sondern nur ein hoher Grad von Unverschämtheit, alles zu sagen, was einem in den Mund kommt, und viel Boßheit und Grobheit sich durch keine Rücksichten zurückhalten zu lassen, mögten sie auch noch so erheblich und der menschlichen Gesellschaft noch so heilig seyn. Es ist dieselbe Kunst, die ein dreister Bube besitzt, dem ersten besten wohlgekleideten Mann Koth, Steine, Erdschollen und was ihm zu Handen kommt, ins Gesicht zu werfen. Die Vertheidigung aber, die Darlegung der Ursachen, die uns nothgedrungen haben, eine so unanständige Handlung zu begehen, und wie Aristophanes (aber mit großem Unrecht) an einem Ort sagt, alle Schaam bey Seite zu setzen, ist eine so leichte Sache nicht, und wenn wir Unrecht haben, unmöglich.

[5] Man wundre sich nicht, daß ich die Vertheidigung des Herrn W. mit einer Vertheidigung der Wolken anfange. So scheinbar dieser Widerspruch ist, so ist er in der That doch keiner, weil ich mich, wie billig, erst vor meinem Vaterlande legitimiren muß, ehe Herr W. oder ein anderer in meine Vertheidigung einen Werth setzen können. Sonst könnte der erste beste von dem niedrigsten Gelichter aufstehen, und die Ehre eines sonst um die Nation verdienten Mannes ungescheut antasten, unter dem Vorwande, durch seine Vertheidigung alles wieder gut machen zu wollen.

Wenn bloß jugendlicher Kützel und Leichtsinn mich zu einem solchen Schritt gebracht hätten, so wäre er in aller Absicht unverzeyhbar, wäre es Rache für empfangene Beleidigungen gewesen (die freylich bey den alten Griechen für kein Laster gehalten wurde) so wäre er, ich gestehe es, mehr klein als strafbar; beydes ist mein Fall nicht. Herr W. hat sich gegen mich gerechter als gegen alle andere angehende Schriftsteller bewiesen. Wäre es, was schon Hesiod an den Dichtern gerügt hat, Handwerksneid — erlauben meine Leser, daß ich hier Othem hole — — Herr W. hat in der That seinen andern Zeitverwandten, denen doch die [6] öffentliche Stimme der Nation auch Gaben des Himmels zuerkannte, die Luft ziemlich dünne gemacht, und in einer zu subtilen Atmosphäre können nur Sylphen leben. So viele sind unter seiner alles verzehrenden Influenz ohnmächtig hingesunken, ohne einen Laut von sich zu geben, wenn nun die Wolken ein Schrey gegen Unterdrückung gewesen wären, welcher Tyrann wollte aufstehen und sie Henkershänden übergeben? — Indessen, das waren sie meines Orts nicht. Herr W. wie gesagt, hat sich gegen mich billiger erwiesen, als gegen andere, und der nagende Vorwurf einer Unerkenntlichkeit, gänzlichen Unhöflichkeit vielmehr, war der schlimmste aller Geyer, die ich zu überwinden hatte.

Indessen, was ich niemals für mich gethan hätte, das that ich für andere, deren stillschweigend selbstübernommenes Loos (was die galante Welt so gern Schicksal nennt) mir durch die Seele gieng. Die Einbildungskraft, meine Leser! ist der Fonds, von dem wir alle leben sollen, dieser unter dem blendenden Vorwande des Geschmacks alles absprechen wollen, heißt allen Dichtern einer Nation das Leben absprechen: sehen Sie da die Ursache des Verfalls a l l e s G e s c h m a c k s bey erloschenen Na-[7]tionen, und damit diesem Uebel bey uns an der Wurzel vorgegriffen werde[B], sehen Sie da dringenden Anlaß zu einem gewaltsamen und entscheidenden Schlage. Sobald einer allein das Geheimniß besitzt, durch gewisse Reize, die sich andere oft nicht erlauben können, öfter aber nicht erlauben wollen, den großen Haufen Lacher auf seine Seite zu ziehen, und sodann nur das Geschmack nennt, was in seinen Kram gehört, das heißt, was seine anderweitigen eigennützigen Absichten befördert, so ist dieses Monopolium gerade der Untergang alles wahren Geschmacks und ein gräßlicher Rabe, der dem nahen Winter entgegen kräht. Mag er alsdenn für seine Person ein noch so treflicher Mensch seyn, er ist der Republik gefährlich, und um so gefährlicher, je hervorstechender und glänzender seine Talente sind, und das erste beste Mittel seinem Geist beyzukommen, o h n e s e i n e n   G l ü c k s u m s t ä n d e n   o d e r   d e r p e r s ö h n l i c h e n   H o c h a c h t u n g ,   d i e   m a n   i h m s c h u l d i g   i s ţ zu nahe zu treten, muß jedem wahren Patrioten immer gut genug seyn.

Man mache hier, ich bitte, nicht so geschwinde die Anwendung auf Herrn W. ich bin [8] nicht da, ihn zu beschuldigen, sondern ihn zu rechtfertigen. Die Umstände haben sich vielleicht ohne sein Mitwürken so gefügt, und die jedem Menschen anklebenden Schwachheiten haben die Augenblicke der Versuchung überrascht, ihm das Ansehen eines g a n z   a l l e i n auf dem Parnaß glänzen wollenden Diktators zu geben, auch hat er, welches das meiste ist, in unzählig vielen Dingen dieses Ansehen zu guten und treflichen Endzwecken angewandt. Absichten zu beurtheilen ist keine menschliche Sache, genug der E r f o l g r e d t   f ü r   i h n. Desto größer, wenn er ihn sich allein zuzuschreiben hat. Er hat, daß ich so sagen mag, auf einer Seite unserer vaterländischen alten Steifigkeit, L a n g s a m k e i t und Pedanterey, auf der andern der glänzenden Unwissenheit vieler nach falschen Mustern gebildeten Gesellschaften von sogenanntem guten Ton mit wahrer deutscher Mannhaftigkeit und Muth die Stange gehalten, und selbst die Ausschweifungen seiner Muse von der äussersten angestrengtesten Schwärmerei zu der zügellosesten Leichtfertigkeit waren zu diesen Endzwecken nothwendig. Ja ich möchte sagen, dieser große Mann war vielleicht der Einzige unter allen Gebohrnen, der Durst nach Erkenntniß, Feinheit der Gefühle und in einem gewissen Grad Güte des [9] Herzens unter den allerdisparatesten Ständen und Beschaffenheiten seiner Landsleute von den Kabinettern bis zur niedrigsten Klasse seiner Leser gäng und gebe machen konnte. Um so viel mehr war er zu fürchten — sobald er um ein Haar aus seinem Geleise trat.

Ich schrieb einst einem meiner Freunde, ich habe nichts wider W. aber alles gegen die W. die nach ihm kommen werden. Einem andern: ich liebe W. als Menschen, ich bewundre ihn als komischen Dichter, aber ich hasse ihn als Philosophen, und werde ihn unaufhörlich hassen. Ich führe diese Ausdrücke hier darum wieder an, um zu beweisen, daß nicht die Nothwendigkeit mich zu vertheidigen, sondern anderweitige Beherzigungen diese widrigen Empfindungen gegen ihn schon seit langer Zeit in mir veranlaßt. Zugleich bitte ich aber auch meine Leser, mit Geduld anzuhören, wie ich diese meine Ausdrücke verstanden wissen will.

So lange das Ansehen, das sich dieser Mann gab, zur Erreichung edler Endzwecke nothwendig war, so mußte es jedem andern Erdensohne, besonders aber dem, der auch nur [10] einen Schimmer von diesen Endzwecken abzusehen im Stande war, heilig bleiben. Sobald er aber — man erlaube mir diese dreiste Zumuthung — die Endzwecke erhalten, zu deren Erreichung er von höhern Mächten zum Mittel schien ausersehen zu seyn, so trete er in die Reyhe der übrigen um ihre Nation verdienten Männer zurück, und erwarte, welch einen Kranz ihm das von seinem Werth gerührte Vaterland zuwerfen wird. Ein solches Mißtrauen aber in seine Landsleute zu setzen, sich alles zuzueignen, was sie ihm freiwillig würden gegeben haben und das mit Vernachtheilligung und subtiler Verunglimpfung anderer, die, nachdem sie gehandelt hatten, schwiegen — das zeigt, mein Gegner verzeyhe mir, von einer Seele, die ihr erstes Gepräge ein wenig auslöschen lassen, und vielleicht durch physische, vielleicht durch oekonomische Ursachen zu Mißtrauen und Kleinmuth herabgewürdiget worden. Wie glücklich, wenn ich sie ihrem Vaterlande wieder schenken, oder vielmehr die gehörige Erkennung zwischen ihr und ihrem Vaterlande durch alle meine tölpischen Streiche befördern helfen könnte.

Man erlaube mir doch hier, allen künftigen Dichtern oder Nachtretern und Nachbetern [11] unserer Dichter, wenn es möglich wäre, mit der Stimme des Mars, als er verwundet war, oder wollen sie lieber mit der Stimme Silens des Eselreiters zuzurufen, daß Uneigennützigkeit der große, der ewige Probierstein aller wahren Dichter gewesen ist, ist und bleiben wird. Hier ins Kleine zu gehen, wird man mir erlassen: ich weiß, daß auch Dichter Leben und Othem haben müssen, und daß wohl niemand mit mehrerem Recht auf Belohnungen der Republik Ansprüche zu machen habe, als ein Dichter, der ausgedient hat. Wo sind die Zeiten hin, da die Anführer wilder Horden in den Schottischen Gebirgen hundert Barden mit sich führten, ihnen bey frölichen Schmäusen ihre Lieder vorzusingen? Und was kann wohl erbärmlicher seyn, als einen Dichter, der doch, wenn er ächt seyn will, durch so vieles gegangen seyn muß am Ende seines Lebens einen Karren ziehen, oder ein Mühlrad umdrehen zu sehen wie Plautus. Ach, daß die Liebe zur Unsterblichkeit den Sporn für die Fürsten nie verlieren möge, nicht sich Schmeichler zu dingen, wie Horatz war, sondern um ihr Vaterland verdiente Männer z u b e l o h n e n, die höchste Schmeichelei, die sie sich selber machen können.

[12] Fern also, Herrn W. sein glückliches Schicksal zu beneiden, fern irgend einige Ansprüche auf ein ähnliches zu machen, ehe ich einen ähnlichen Grad des Verdienstes oder ein Alter erreicht, in welchem Erschöpfung der Kräfte und Hülflofigkeit von selbst, wo nicht zur Belohnung, doch zu menschenfreundlichem Beystande einladen werden: so wünschte ich vielmehr, durch meine unmanierliche Art von den Sachen zu reden seine wahren Verdienste in ein desto helleres Licht zu setzen, und sie durch den Schatten, den ich drauf geworfen, daß ich so sagen mag, desto besser abstechen zu machen, und den Leuten vor die Augen zu bringen, zugleich aber auch Herrn W. durch die gerechten Belohnungen seines Vaterlandes ein für allemal die Hände zu binden, daß er durch allzulebhafte Anmaßungen nicht Eingriffe in die Rechte anderer thue, sondern aufkommen und gedeyhen lassen wolle, was dem Vaterlande gut und nütze seyn kann, wenn es gleich nicht durch ihn gepflanzt und gesäet worden. Bisweilen ist auch die zu gar große Begierde, von dem Seinigen und zwar vor aller Welt Augen was dazu zu thun, die sich so gar zu gern in Patriotismus und Menschenliebe einkleidet, den jungen Pflanzen schädlich und verderblich, die durch allzu öftere [13] und bisweilen rauhe Berührung gern welk werden.

»Wer soll aber den Geschmack ausbreiten und der Verwilderung oder Verwahrlosung desselben vorbauen, wenn es nicht die thun, die es schon selbst in einer Kunst zu einem Grad der Fürtreflichkeit gebracht?«

Ich fühle das ganze Gewicht dieser Frage, meine Leser! aber erlauben Sie mir, Ihnen zu sagen, daß Poeten als Kaufleute anzusehen sind, von denen jeder seine Waare, wie natürlich, am meisten anpreist. Wie ungerecht, wenn da einer aus

25

ihren Mitteln e n t s c h e i d e n, die letzte Stimme geben soll! Und wenn er ein Engel wäre, wie ungerecht! Alle Plane, die er anlegt, alles Lob, das er austheilt, werden, wie natürlich, zu seinem Endzwecke führen, welcher ist, sich allen andern vorgezogen zu sehen und die andern aufs höchste nur als Trabanten in seiner Atmosphäre [sich] umdrehen zu lassen. Wem soll also das Urtheil über uns zustehen, wenn es nicht dem zusteht, für den wir da sind, dessen Beyfall uns leben und athmen lässet, ich meyne d e m g a n z e n V o l k Ich nehme hier das Wort im gemilderten Verstande, so daß ich den Pöbel, der weder Dichter noch Gelehrte anders als vom Hörensagen kennt, davon aus- [14] schließe. Dagegen zähle ich auch d i e V ä t e r d e s V o l k s zum Volke, die wie alle H e l d e n u n d g r o ß e n M ä n n e r d e s A l t e r t h u m s auch in ihren Vergnügungen sich bis zum Volk herunterlassen, da sie wohl wissen, daß dieses von jeher das e i n z i g e u n d h ö c h s t e M i t t e l w a r, s i c h s e i n e r f r e y w i l l i g e n T r e u e u n d E r g e b e n h e i t i n a l l e n a u c h d e n s c h w e r s t e n E r f o r d e r n i s s e n z u v e r s i c h e r n.

Dieses Volk muß aber geführt werden, da es sonst in seinem Geschmack eben so unbestimmt und schwankend seyn würde, als es in seinen Handlungen zu seyn pflegt, es muß sich i n e i n e m P u n k t d e m v e r f e i n e r t e n u n d b e s s e r n G e s c h m a c k d e r E d l e r n a n s c h l i e ß e n k ö n n e n, das einzige Band zwischen Großen und Kleinen, Beherrschern und Unterthanen, das einzige Geheimniß aller wahren Staatskunst, ohne welches alle bürgerliche Verhältnisse und Beziehungen auseinander fallen, ohne welches der Bürger immer den Staat als den Unterdrücker und der Staat den Bürger als den Rebellen ansehen wird. Sehen Sie da die Nothwendigkeit d e r w a h r e n G e l e h r t e n, am meisten aber derjenigen P h i l o s o p h e n, die das ganze Reich der Wissenschaften durchwan- [15] dert und von diesen Wanderungen mit den schärfsten und reichhaltigsten Einsichten und dem feinsten Geschmack, aber auch mit dem unverdorbensten zärtesten Gefühl, für alle Rechte der Menschheit und auch für den geringsten Eingriff in dieselbigen zurückgekommen sind, etwa wie Herodot, Solon, Lykurg, und später Demokrit und Pythagoras im Alterthum waren. Diesen und nur der vereinten Stimme dieser überlasse man es, ein E n d u r t h e i l über den Dichter zu fällen, der mit dem Volk stehen und fallen muß. Diese allein sollten den heiligen Namen der Rezensenten tragen, der freylich in unserm Jahrhundert an so unzähligen Stirnen schon ein Brandmal geworden ist. Auf dieser, und je nachdem sie sich durch anhaltenderes Streben und Leiden als bewährtere Freunde des Vaterlandes bewiesen haben, auf dieser ihre Stimme allein, harre und zähle die Nation, wenn sie über den Werth und Unwerth neuerschienener Produkte e n t s c h e i d e n w i l l. A b e r a u c h d i e s e m ü s s e n b e l o h n e t w e r d e n. Wir haben solche Zeiten in Deutschland gehabt. Als noch Abbt, Mendelsohn, Hamann und ihres gleichen gehört wurden[C], da war noch [16] sicherer Richtscheid des Geschmacks derer, die ihr Gefühl an den aufwachsenden Sängern ihres Vaterlandes übten. Was soll man aber zu einem Dichter sagen, der mehr Buchhändler als Dichter auf diesen Grund fortbaute, das heißt Kunstrichter aus ganz Deutschland zusammenmiethete, um endlich auf diesen ungeheuren Obelisk sein Bild mit desto mehrerer Sicherheit aufstellen zu können, der alle Offizinen und Druckerpressen auf gewisse Art in Anspruch nahm, um nichts in seinem V a t e r l a n d e a n s L i c h t k o m m e n z u l a s s e n, das nicht von ihm und seinem Geschmacksrath vorher war gestempelt worden. Denn er hatte die Wahl der Rezensenten, die er nach seinen einseitigen Absichten so geschickt zu vertheilen wußte, daß die Guten die Schlechten unterstützen, und da sie alle o h n e N a h m e n waren, so ganz in der Stille, unwahrgenommen und ungerügt, für einen Mann stehen, das heißt — sein Buchhändlerinteresse befördern mußten. Eine herrliche Aussicht für unsere Gelehrsamkeit, eine herrliche freye Luft für Gelehrte — den edelsten Theil der Nation — darin zu athmen. So triumphirten von jeher kaufmännische Kunstgriffe und niedrige kleine Streiche über den wahren Adel des Herzens gewisser auf diesen P u n k t [17] e i n f ä l t i g e n W e i s e n, die die Vortheile des Lebens verachteten, und aus zuweit getriebener Sorglosigkeit dafür sich a u c h d i e M i t t e l a b s c h n e i d e n l i e ß e n, ihren Brüdern nützlich zu seyn.

Ich verdenke es Herrn W. nicht, daß er, um Ansehen dem Ansehen, Kunstgriffe den Kunstgriffen entgegenzusetzen, eine kritische Bude von ähnlicher Art, wiewohl doch mit mehrerem Geschmack, errichtete. Er war bisher von diesen gemietheten Kritikern, die n u r l o b t e n, w e i l s i e s i c h s o n s t b e y m V o l k n i c h t h ä t t e n e r h a l t e n k ö n n e n, zu sehr gemißhandelt worden, als daß er nicht auf ein Mittel bedacht seyn sollte, sich ihrem unleidlichen, ganz und gar nur Merkantilischen Joch zu entziehen. Welcher Gelehrte, der die Würde seiner Seele fühlt, könnte auch anders als mit Verachtung daran denken? Dieser Ostrazismus von Stimmen aus dem Vaterlande, die ein einziger, der zugleich Kunstrichter, Dichter, Buchhändler und alles in allem seyn will, einsammelt und in seinem geheimen Topf durcheinander schüttelt — dieses schändliche Gewerbe von Lob und Tadel, zu dem ihm einige der Edelsten der Nation die Kräfte leihen, um alles, was Freyheit, Tu- [18] gend und Ehre athmet, zu unterdrücken, oder wenigstens, so viel an ihm ist, nicht zu Kräften kommen zu lassen, es sey denn, daß es zu seinen Privatabsichten diene, dieser Ebentheurer, mit den Mienen der Weißheit im Gesicht, der Eigensucht und Schalkheit im

Herzen trägt, und vermittelst der ersteren durch diese zwey verborgenen Triebfedern unser ganzes Vaterland in Bewegung setzt, und von niemand abhängig, alles von sich abhängig machen will — das unser Tribunal? — von dem sich nicht appelliren ließe? — das die bewährten Zeugen unseres Werths? — Warum nennen sie sich nicht? — Laß sie hervortreten, wenn das Vaterland ihnen glauben soll — und wenn es sie sonst kennt, wird es ihre Stimme ehren, so aber sind sie durchs Fenster hineingestiegen und Miethlinge, denen der Nutzen des Vaterlandes so fremd ist, als dem darauf lauernden Wolfe.

Wenn nun diese mit den allergrößten Anmaßungen von der Welt, und immer, wie Herr Klopstock unbezahlbar erinnert hat, anstatt ihre e i n s e i t i g e Stimme zu geben, mit einem Egoismus, der alle Grenzen der Schaamhaftigkeit übersteigt, und eben deswegen ungerügt bleibt, als Repräsentanten der [19] ganzen Nation sprechen, eine Stimme für die Stimme aller ausgeben, um die Blöden zu übertölpeln, die Einfältigen fortzureißen, die Weiseren aber, die zu stolz sind, sich mit ihnen in Verbindungen oder zu ähnlichen Kunstgriffen herab zu lassen, wie die Tischglocke den guten Homer um ihr Auditorium zu bringen: wer kann es Herrn W. verdenken, daß er gleichfalls um Ansehen dem Ansehen entgegen zu setzen, er, der es gewiß mit mehrerem Rechte thun konnte, sich des unleidlichen W i r bediente, das er doch an andern Schriftstellern als ein unverzeyhbares Verbrechen verdammte[D]. Da es nun aber so weit gekommen ist, daß sein Wir nicht mehr gilt, als jedes andern ehrlichen Mannes von seinem Werth, so ist es auch billig, das Wir eines prätendirten Ausschusses der Nation, der es aber mit eben dem Recht ist als jener, der Karln dem Ersten den Kopf absprach, auf sein erstes Ich zurückzubringen:

Ich der Buchhändler N. der das Kunststück versteht, eine Gesellschaft Gelehrte, die einander nicht kennen und sich gänzlich unähnlich sind, [20] einen durch den andern hinters Licht zu führen, etwa wie jener geschickte Taschenspieler, der in eine Gesellschaft unbekannter Leute hereintrat, von denen jeder glaubte, er sey der Freund des andern, und ihm alle mögliche Hochachtung bezeugte, die er denn so gut zu nutzen wußte, daß er mit dem ganzen Silberzeuge, auf dem sie gegessen, davon gieng.

Wenn nun aber gar dieses drolligte geheime Gericht, Männer, die für ihr Vaterland gehandelt, die Ehre, Vortheile, Aussichten, alles, für dasselbe aus der Schanze geschlagen, die allgemein anerkannte Beweise gegeben, daß sie nicht aus einer wilden brausenden Tugend, die keinen Sporn als die Ehre kennt, sondern aus dem innigsten, feinsten Geschmack für alles Schöne, Reizende und Gefällige in der Natur, aber auch aus eben so schnellkräftigem Gefühl für das Große und Erhabene, bloß durch die Wärme fürs Vaterland getrieben, alles aufopferten, und sonst nach nicht anders suchten, arbeiteten, strebten, litten, als daß Alle, Alle v e r h ä l t n i ß m ä ß i g g l e i c h e n Antheil an dem durch die Künste und Wissenschaften hervorgebrachten allgemeinen Glück nehmen sollten — Wenn solche Leute, mit denen güti- [21] gere Mächte von oben eine Nation alle Jahrtausende einmal heimsuchen[E], durch dieses drolligte, geheime Gericht nicht bloß in Schatten gestellt, nicht bloß durch glänzenden Rauch einer gewissen Art Lobes oder einer gewißen Art Stillschweigens vernebelt, sondern wo es ohnbeschadet der guten Meynung, die man doch dem Volk von sich lassen will, geschehen kann, aufs abwürdigendste gemißhandelt und verkleinert werden, wenn das, was nach dem Demosthenes so schwer zu erhalten und ihnen eben deswegen so theuer ist, die Hochachtung und Liebe ihrer Nation ihnen wie jenem durch subtile und grobe Kunstgriffe zu rauben versucht wird, ohne daß man sich jemals in ein förmliches Gefecht mit ihnen einläßt, so daß man die Hauptsache, die sie mit soviel Hitze und Eyfer vertheidigten und vertheidigen mußten, unausgemacht läßt, und durch lauter unnütze und unbeträchtliche Scharmützel über Nebensachen sie zu ermüden denkt — welchem Patrioten, der nur noch Blut fürs Vaterland fühlt, [22] mußt da nicht endlich die Geduld ausreißen und er mit dem δικαιος in den Wolken ausrufen:

τουτι και δη
χωρει το κακον δοτε μοι λεκανην.

Es ist hier nicht um Privatvortheilchen, nicht um beleidigte Autorempfindlichkeit, nicht um Neckereyen zu thun, sondern um die Ehre unserer Nation bey den Nachbaren, und bey der Nachkommenschaft. Daher alles Zureden, alle Warnungen, alle Drohungen meiner Freunde diesen tobenden Eyfer, mag er immer unzeitig, mag er immer ungestüm seyn, mir nicht benehmen konnten, können noch können werden, bis die Ursache desselben aufgehoben ist. Wie gesagt, ich bin in diesem geheimen Gericht außerordentlich glimpflich behandelt worden, aber es verdreußt mich von wegen meines Vaterlandes, und ich will mir lieber Geschmack, Einsicht, Güte des Herzens, alles absprechen lassen (Beschuldigungen die mir weher thun als körperliche Angriffe auf mein Leben) lieber ein Ungeheuer scheinen, als zu den Ungerechtigkeiten meines Vaterlandes stillschweigen.

[23] Uebrigens bin ich von dem Nutzen gelehrter Anzeigen zu sehr überzeugt, als daß ich auf eine unvernünftige Art mich über Gelehrte ereyfern sollte, die mit Kenntniß der Sache wovon sie reden, gewafnet, ihrem studierenden Vaterlande von neu herausgekommenen Büchern auch nicht einen bloßnackten Schattenriß, sondern von dem, was in denselben neu und der Aufmerksamkeit würdig ist, auch ein männliches Urtheil geben, das Falsche und Schielende anzeigen, das Schlechte aber mit

Stillschweigen übergehen oder kurz weg sagen, das ist unter u n s e r e r Kritik. Ich begreife aber nicht, wie unter diesen Voraussetzungen von Privatabsichten freye Gelehrte gezwungen seyn sollten, ihren Namen zu verstecken, in einem Lande wie Deutschland, das durch soviel besondere Staatssysteme und Verbindungen eben denen darinn befindlichen Gelehrten die größte Freyheit, ihre Meynung herauszusagen, und keinen weitern Zusammenhang läßt, als der der Wahrheit so vortheilhaft ist, den sie als gemeinschaftliche Diener einer und derselben Wahrheit haben, sie auszubreiten, und zu befördern. Wenn in einem Lande, wo wenig oder gar keine politischen Rücksichten zu nehmen sind, wo Luther allein dem Aberglauben einer halben [24] Welt die Spitze bieten konnte, da er in jedem andern bald seinen Platz im Tollhause oder auf den Galeeren gefunden haben würde, wenn da nicht Freyheit zu denken und z u s c h r e i b e n herrschen soll, wo soll sie denn herrschen? — Ich sage, ich begreife nicht, warum würdige Kunstrichter das Publikum nicht in den Stand setzen wollten, einzusehen, ob sie auch die Männer seyn, die über diese und jene Schrift zu urtheilen befugt sind, ob sie nicht ganz und gar außer ihrem Felde gelegen und von welchem Gewicht diesesmal ihre Stimme seyn müsse, seyn könne und dürfe. Ich begreife nicht, wie ihr eigenes Gefühl von Ehre ihnen gestatten kann, hierüber einen Menschen in Zweifel zu lassen. Denn von einigen Seiten Rezension auf die ganze Kenntniß eines Kunstrichters Schlüsse zu machen (wie wohl heut zu Tage leyder!!! von jungen Leuten geschieht) gerechter Himmel, wie betrüglich! wie gefährlich! wie leicht sodann der Weg zum gelehrten Manne! da der Rezensentenstyl, wie der stylus curiae, so bald auswendig gelernt ist, und man nur mit der Miene der Selbstzufriedenheit seinen Autor (aus dem man doch das in der Stelle erst lernen muß, was man wieder ihn sagt) über die Schulter [25] herab ansehen darf, wie der Herr N.[F].

Man messe mir hier nicht zu viele Wiedrigkeit gegen diesen Mann bey, den ich als Buchhändler und anfänglichen Liebhaber und Beförderer der deutschen Litteratur, auch in seinem N. als unterhaltenden Romanendichter schätze — sobald er aber Kunstrichter und mehr als das, Impresario und D i r e c k t o r aller Kunstrichter, Herr aller Herren werden will, mit allen seinen aufgeblasenen Anmaßungen verspotte und verlache. Mag er mich rezensiren lassen!

Da aber einer Nation nichts heiliger als ihr Geschmack seyn kann, sobald Geschmack die Summe der Gefühle eines ganzen Volkes ist, so sollten gelehrte Zeitungen sich auch bescheiden, von Werken des Geschmacks nichts weiter als die Anzeige, aufs höchste die Anzeige von den Wirkungen, die sie hier und da gemacht, mit nichten aber ein Urtheil zu geben, das nicht ihnen, sondern der Nation [26] und denen zusteht, d e n e n s i e e s a u f t r ä g t, mögte es auch von noch so einem ausgedörrten Professor oder Fresser der schönen Wissenschaften niedergeschrieben seyn, dessen ganzes Verdienst darinn besteht, uns die Unverdaulichkeiten seiner Lecktüre für güldene Bullen der Kunst zu geben, und in einer mehr als Zoiluskühnheit sich jungen Leuten, die so eben zu leben anfangen, als den Priester auf dem Dreyfuß anzupreisen, durch den das Vaterland seine Orakelsprüche thut. Wer anders, als sie selber, hat diesen Herren jemals das zugestanden? Leute, die Sylben stechen und an Buchstaben feilen, Milzsüchtige, denen ein außerordentlich groß geschriebenes H. Gewissensbisse macht, Leute, die so wenig die Zeit und die Welt kennen, in der sie leben, als die, in der ehemals Dichter und Weise gelebt und gehandelt haben, daß sie wie die ausgedünstete Nymphe Echo nur im Stande sind, die letzten Sylben davon nachzustammeln, sonst aber mit allen Geheimnissen der Kunst so unbekannt, als der König Midas in Herrn Wielands Singspiel nur immer seyn konnte, Leben und Tod über die Werke unserer Dichter aussprechen.

—

[27] Diese wachsgelben Aristarchen, die mit einem Blick das ganze Teutschland und wills Gott alle vergangene und zukünftige Nationen übersehen, verdienen also nicht allein verlacht und verspottet, sondern auch, wenn sie sich wie Paillasse unter schnellkräftigen Seiltänzern unbehelfsam herumtummeln, wie Strohsäcke behandelt zu werden. Wiedrigenfalls sie uns unsere jungen Leute irre machen, und durch das nirgends schädlichere jurare in verba magistri eine ganze Posterität verhunzen könnten. Das ist die Meinung über den in den Wolken doch nur leichtgestreiften Herrn Wetterhahn und die Herrn Wetterhähne, Collegen auf allen unsern deutschen Akademien, deren Ahndung und Züchtigung ich mich gleichfalls unterwerfe.

Nachdem ich nun die dringenden Veranlassungen der Wolken dargelegt, darf ich mit mehrerem Fug und Recht Herrn W. gegen die Anschuldigungen zu rechtfertigen unternehmen, die ihm von seinen Zeitverwandten daraus gemacht werden könnten, und die mehr in einer unglücklichen Verbindung der Umstände, in denen er sich befunden, als in seinem eigenen Willen ihren Grund haben.

[28] Man wird mich hoffentlich nicht für so roh oder so verwegen halten, den Namen Sokrates in einer Schrift ist dieser Art über die Zunge springen zu lassen, ohne zu wissen oder zu ahnden, mit welcher Ehrfurcht ein Name, wie der, ausgesprochen werden müsse. Wenn ich auch nichts weiter als das Gastmal Xenophons von ihm gelesen hätte, so müßte ich schon, sobald ich diesen Namen, um ihn geringschätziger oder verächtlicher zu machen, niederzuschreiben gewagt hätte, von einem heiligen Schauer durchdrungen und wie ein Bösewicht in dem Augenblicke des Verbrechens von einer göttlichen Erscheinung zurückgehalten worden seyn. Dieser Mann, der sein ganzes

Leben und alle dessen Vortheile der Erforschung der Wahrheit aufopferte, die er sich nie getraute ganz gefunden zu haben, dieser Mann, dem nichts unwillkommen war, das ihn näher dazu führen konnte, so wenig Schmach als körperliche Leiden, dieser Mann, dem nicht, weil er sich gerne hörte, sondern weil es ihm darum zu thun war, was wahr und gut ist, unter die Leute zu bringen, und in seinen Reden die allerwürdigste Lebensklugheit und Behandlungsart anderer nachgelassen hat, durch Nachgeben immer über die zu siegen, die ihn besiegen wollten, und dessen [29] Worte selbst in seinem freundschaftlichen Umgange und in seinen Scherzen immer in dem Betracht wahre goldene Worte sind, an denen unsere Philosophen, bey denen freylich der S t o f f, d e n s i e z u b e h a n d e l n h a b e n, s i c h s e h r v e r ä n d e r t h a t, lebenslang zu studieren hätten — Diesen Mann in unseren Zeiten heruntersetzen oder geringschätzig machen zu wollen, hielte ich für eine wahre Gotteslästerung. Nur die Sokratidien, die schon zu seiner Zeit Aristophanes Galle rege machten, die bey veränderten Umständen, Menschen und Menschengesinnungen in seinem Geleise blindzu marschiren für marschiren halten, also immer auf einer Stelle bleiben, anstatt daß sie von ihm lernen sollten, neue Wege zu treten, Sokratidien in Purpur und köstlicher Leinwand, die der Wahrheit, dem armen Lazarus vor ihrer Thür, noch keinen kahlen Groschen aufgeopfert, anstatt für sie Hunger, Mangel, Blöße, ja selbst dem Tode entgegen zu gehen, wie jener — — nur diese möchte ich durch Erinnerung an jenen großen Namen in Schröcken setzen und bescheidener machen. — Und warum hat Herr W., der so g r o ß e a n d e r w e i t i g e V e r d i e n s t e hat, die Anzahl dieser vermehren wollen? Etwa seine Gedichte dadurch besser in Abgang zu bringen? [30] Freilich hat er diesen Zweck dadurch erreicht, und als Dichter kann er auch hierinn entschuldiget werden, es war das Bedingniß seiner Zeit und der Umstände, in denen er lebte, aber mihi res, non me rebus, sagt er selber. Hat er sich etwa dadurch verleiten lassen, daß Sokrates in seiner Jugend Grazien geschnitzelt? — Aber er schrieb keine Philosophie der Grazien, sondern wenn er von der himmlischen Venus redte, war er nichts weniger als gefälliger komischer Dichter[G]. Der Dichter weiset anschauend und sinnlich, wie es ist, aufs höchste wie es nach gewissen gegebenen Umständen seyn kann, der Philosoph sagt wie es seyn soll Nun hoffe ich doch in aller Welt nicht, daß Herr W. verlangen wird, alle junge Amadisse, das heißt, edle junge Gemüther, die mehr als eine bloß sinnliche Liebe suchen, sollen und müssen durch eben die Klassen gehen, die der Held seines neuesten komischen Gedichts durchlaufen ist? So lang er sich also neben Fieldingen hinstellt, nehmen wir keinen Anstand, seine Schriften, [31] anstatt sie zu verbieten, vielmehr jungen Leuten in die Hände zu geben, um die Welt, in der sie zu leben haben, um alle die Gefahren, an denen ihre Tugend geübt werden soll, vor ihre Augen zu bringen: sobald er sich aber neben Sokratessen stellt, und doch der Haupheld seines Stücks eine lächerliche Rolle spielt, so müssen wir dafür ärger warnen, als für das korrosivste und beschleunigendste Gift, das jemals von einem Menschenfeinde in den Eingeweiden der Erde ist zubereitet worden. Mag man mir immer einwenden, er habe an diesem Charakter nur die Schwachheiten lächerlich machen wollen, so sind an einem solchen Charakter auch die Schwachheiten verehrungswerth, und verdienen eher die Thränen des Menschenfreundes, als das Gelächter von Leuten, die solche Schwachheiten zu begehen niemals im Stande waren, weil sie sich in Ansehung dieses Lasters nie den geringsten Zwang angethan. Ein Sokrates kann freylich über dergleichen Schwachheiten lachen, aber wenn er sich als Sokrates nennt und ausgiebt, und doch zugleich mit den lebendigsten Farben bis auf das genaueste die Geschichte dieser Schwachheiten ausmahlt, werden die Mitlacher mit seinem Sinn und in seinem Geiste lachen? Wird nicht vielmehr das Gelächter zu-[32]letzt auf diesen Charakter zurückfallen, und ihn, da er ohnehin auf unserer Welt so selten ist, sobald er nur die geringsten Kennzeichen von sich giebt, zum Gegenstande des allgemeinen Hohns und der allgemeinen Verachtung machen? Sollte man einen Weg, der ohnehin mit so vielen Dornen besetzt ist, durch allgemeine Schmach und Infamie, daß ich so sagen mag, nun völlig ungangbar machen?

Mit alledem bin ich weit säuberlicher mit Herrn W. gefahren, als er mit mir, ich habe ihn nicht an dem Flecken anzutasten gesucht, wo es ihm am wehesten thun mußte, wie er wohl gegen mich, und das mit aller möglichen Feinheit, die Genie und Witz ihm nur an die Hand geben konnten, obwohl dennoch vergeblich versucht hat. Er sah, daß ich mich durchaus in Shakespears Manier und die Komposition, die aufs Große geht, und sich auf Zeit und Ort nicht einschränken kann, hineinstudiert hatte, was that er? er suchte diese Manier als kunstloß und ungebunden verdächtig zu machen, in dem Augenblick, da sie ohnedem durch unsere eingealterten Theaterverträge überall Wiederspruch genug finden mußte. Wie, wenn ich nun das Blatt umgekehrt, und nicht mit der [33] Miene eines rüstigen Knaben, sondern eines alten, erfahrnen, untrüglichen Kunstrichters seine Oper durchzugehen angefangen, sie in den letzten Akten langweilig, die Entwickelung nicht übereilt, aber zu schwach vorbereitet, zu kalt ausgeführt gescholten hätte? — Shakespears Manier ist nicht ungebunden, mein ehrwürdiger Herr Danischmende, sie ist gebundener, als die neuere, für einen, der seine Phantasey nicht will gaukeln lassen, sondern fassen, darstellen, lebendig machen, wie er that. Die dramatische Behandlung eines großen Gegenstandes ist n i c h t s o l e i c h ṭ als Sie es wollen glauben machen; und eben der Mangel der sonst b e q u e m e n S t ü t z e n d e r T ä u s c h u n g, der Z e i t und d e s O r t s macht die Schwürigkeiten g r ö ß e r, und sollte alle die, so in der Kunst d e s w ü r k l i c h ü b l i c h e n T h e a t e r s n i c h t a l l e S c h r i t t e d u r c h g e m a c h ṭ von einem Unternehmen von d e r A r t z u r ü c k s c h r ö c k e n. Durchaus nicht Unbekanntschaft mit dem wirklichen Theater und dessen Erfordernissen, sondern Ueberdruß allein kann einen Schritt zu der höheren Gattung rechtfertigen. Theater bleibt immer Theater, und Vorstellungs und Fassungsart dieselben, so wie dieselben Regeln der Perspecktive für ein Kaminstück und für ein Altarblatt gelten, [34] nur daß jeder Gegenstand auch eine andere Behandlungsart erfodert. Die Hauptsache wird immer die W a h r h e i t und der A u s d r u c k des Gemähldes bleiben, von der ein Mensch allein nie urtheilen kann, besonders wenn ihm Leidenschaften die Augen verdunkeln.

Daß ich aber wieder auf meinen Hauptzweck zurück komme, Herrn W. als Dichter gegen die Philosophen seiner Zeit, denen zu Gefallen er sich mit hat einkleiden lassen, und die die zaubervollen Pinselstriche seiner Phantasey als Weißheitssprüche des Pythagoras ansehen, zu rechtfertigen, so muß ich diesen Herren hier öffentlich erklären, daß ich ihre Weißheit verachte. Man höre mich aus, und alsdenn, wenn man noch das Herz hat, mich zu verdammen, so verdamme man mich, ich verlange nichts bessers.

Worinn besteht die ganze Weißheit dieser Herren, mit der sie so geheim thun? — In der Zufriedenheit — ein süßes Wort — das aber, wenn mans herunter hat, im Magen krümmet — im Aufgeben aller Rechte der Menschheit, Zusammenlegen der Hände in den Schooß, Genuß zweyer Wurzeln, die etwa in [35] unserer Nachbarschaft liegen, und zu denen man reichen kann, ohne aufzustehen — mehr als kriechenden Geiz über diesen Genuß, auch wol hie und da Schleichhändel und dergleichen, um etwas von unsern Nachbaren dazu zu betteln, übrigens gewisse Versicherung, daß uns diese Weißheit, diese Mäßigung unsrer Begierden und Wünsche im Himmel tausendfach werde belohnt werden, was die Herren Religion schimpfen. Den armseligen Genuß, der einer solchen Faullenzerey übrig bleiben kann, schmückt man sodann mit tausend Bildern aus, die doch immer nur das Zaubergewand einer e k e l h a f t e n A r m i d a bleiben, und alsdenn, wie glücklich, wie weise, wie groß! — Wohl denn, ich will gegen diese großen Leute gern ein Zwerg und ein boßhafter, ungesitteter, unartiger Gnome bleiben, nur hören Sie, weil doch hören keine Mühe kostet, meine Gründe bis zu Ende.

Wer ist es, den Sie lächerlich zu machen suchen? wer ist der Thor, über den Sie sich nicht ereyfern, behüte Gott! den Sie der Aufmerksamkeit, des Wiederlegens, des Bestrafens nicht würdig, sondern n u r — o welche Großmuth! — b e l a c h e n s w e r t h i h n f i n d e n ? — [36] Der Jüngling, der noch dem ersten Stempel der Natur (ha, gewiß dem Bilde Gottes) getreu; für den Trieb, der eben darum der heiligste seyn sollte, weil er der süßeste ist; auf den allein alle Güte der Seelen, alle Zärtlichkeit für g e s e l l s c h a f t l i c h e P f l i c h t e n und Beziehungen, alle häußliche, alle bürgerliche, alle politische Tugend und Glückseligkeit gepfropft werden kann, weil er für diesen Trieb am Ende seiner Laufbahn, die er sich heldenmäßig absticht, die höchste Belohnung v o n d e m W e s e n erwartet, das ihn ihm anerschaffen hat, der sich diese höchste Belohnung, so lange er sie noch nicht kennt, mit allen Farben seiner glühenden Phantasey ausschmückt, und endlich, wenn er sie findet, diese einzige, die dem geliebten Ideenbilde am nächsten kommt, die es vielleicht nach dem Urtheil seiner reiferen Erkenntnißkräfte unendlich weit übertrift, sich dem ganzen Taumel seiner Entzückungen überläßt, wohin sie ihn reißen wollen, (einen solchen Augenblick hat Goethe gehascht, um uns das höchste Tragische, das je in die Seele eines vom Gott erfüllten Dichters gekommen ist, anzuschauen zu geben) — einen solchen Jüngling lächerlich machen zu wollen? Ihn mit einem halbwahnwitzigen Ritter von der trau- [37] rigen Gestalt in eine Klasse zu werfen, und zum Haupthelden eines komischen Romans zu formen, so lang dies nichts als Scherz bleiben soll, können wirs gestatten; so bald aber der Autor, oder die ihn lesen, eine ernsthafte Miene annehmen, und uns ihren Muthwillen, ihre Thorheit für Weißheit aufdringen wollen — wer sollte da nicht wüthen?

Erlauben Sie, meine Herren Sokraten, daß ich Ihnen den Vorhang vor unserer gegenwärtigen Welt aufziehe, und denn lachen Sie noch, wenn Sie das Herz dazu haben. Sehen Sie da alle gesellschaftlichen Bande unangezogen und ungespannt aus einander sinken, sehen Sie da junge Leute mit den Mienen der Weißheit und allen Waffen der Leichtfertigkeit versehen, in allen Künsten der Galanterie unterrichtet, auf die schwachen Augenblicke Ihrer Geliebten und Ihrer Töchter Jagd machen, sehen Sie da eben diese jungen Leute mit der größten Verachtung für das Geschlecht, das allein aus Männern Menschen machen, und durch die Liebe ihren regellosen Kräften und Fähigkeiten eine Gestalt geben konnte, mit mehr als thierischer Ungebundenheit sich nicht allein für ihre künftigen Gattinnen, nein auch für [38] ihre Freunde, auch für den Staat, der sie nähren muß, völlig entnerven und untüchtig machen. Wo ist Aufmunterung, wo ist Belohnung, wo ist Ziel? Der wilde Ehrgeiz macht Unterdrücker, da aber die äußerlichen Anstalten in unsern Zeiten zu einer gewissen Vollkommenheit gediehen sind, so findet auch der überall Wiederstand, und artet sodann in einen unthätigen und deswegen um desto unleidlichern, unerträglicheren Hochmuth aus. Die Religion, so lange sie weiter nichts als eine Anweisung auf den Himmel, auf — der menschlichen Natur ganz fremde und undenkbare Güter ist, ist viel zu ohnmächtig, in dem entscheidenden Augenblick der Versuchung, den in uns stürmenden Leidenschaften die Waage zu halten; und brauchen wir sie daher gemeiniglich wie den Deckel, den Brunnen zu zu machen, wenn das Kind hinein gefallen ist. Wie nun, daß wir den lezten Keim aller Moralität, alles Genusses, den Gott in unsere Natur gelegt, herausreissen wollen, den Glauben und die Hofnung auf Entzückungen, die eben durch die Leiden, Zweifel und Aengstigungen vorbereitet werden müssen, um ihren höchsten Reiz zu erhalten.

[39] Sehen Sie weiter die meisten unserer Ehen an. Verträge sind sie, einander gegen gewisse anderweitige Vortheile, die, gleich als ob man sich mit seinem ärgsten Feinde verbände, mit der größten Behutsamkeit von der Welt obrigkeitlich müssen gesichert seyn, alles zu erlauben. Und was zu erlauben? Sachen, wozu Ihnen die Natur die Kräfte schon versagt hat: eine Erlaubniß, die keine ist, und die Sie nicht nöthig hätten, so theuer zu kaufen, mit Verlust Ihrer häußlichen Ruhe, Ihrer Freyheit, Ihrer Ehre, wie oft Ihrer Ehre? — Sich Liebe zu erlauben, die keinen Gegenstand mehr findet, weil alle Gegenstände von eben dieser Freyheit zu denken eben so verderbt, eben so entnervet sind. Wohin also mit diesem glänzenden Betruge, den man sich alle Tage erneuert, alle Tage neue Plane macht, die am Abend vergessen werden, und so am Ende seines Lebens immer glaubte genossen zu haben und nie genossen hat — Nehmen Sie nun aber die Unglückseligen, die keine solchen Merkantilischen Verträge aufrichten können. Nehmen Sie die blühende Schöne, die keine weiteren Reize hat, als die ihr die Natur und ihre Tugend gab, und die jetzt auf ewig ungebrochen an ihrem Stock absterben [40] muß. Nehmen Sie die unzähligen Schlachtopfer der Nothwendigkeit und die furchtbaren Geschichten, die, so wie sie wirklich geschehen, und wie ich deren hundert weiß, keine menschliche Feder aufzuzeichnen vermag. Nehmen Sie die heruntergekommenen Familien, und die andern, denen ein gleiches Schicksal drohet, die alle vereinzelt sind, unter denen alle Bänder, die vielleicht machen könnten, daß sich eine an der andern wieder aufrichtete,

zerhauen und zerstückt sind, und für die alle menschliche Klugheit keine Hülfsmittel mehr auszusinnen im Stande ist. Die nunmehr alle, anstatt einen gemeinschaftlichen Quell der Freuden (und welche Freuden sind inniger und wärmer, als die von zwey vereinigten Familien?) ausfindig zu machen, eine auf der andern R u i n e n   t r i u m p h i r e n. Man schreiet über den Luxus, daß er die Ehen hindere, nein, meine Herren, es ist nicht der Luxus, der Luxus ist das einzige Mittel, die F r e u d e n   d e r   E h e   a u c h   v o n   a u ß e n glänzender und herrlicher zu m a c h e n, es ist, was Sie sich alle selbst nicht gestehen wollen, die Pestbeule in Ihrer Brust, die Verderbniß der Sitten, die Geringschätzung höherer Wonne für einen thierischen Augenblick, der Ihnen freylich heut [41] zu Tage leicht genug gemacht wird. Ihre Mütter, Ihre Väter, Ihre Weiber, Ihre Kinder — wenn gleich das dumpfe und unentwickelte Gefühl ihres Elendes sie stumm macht — verwünschen in den Augenblicken, wo die gesammten Folgen Ihrer Grundsätze auf sie herein brechen — ohne es zu wissen, ohne es zu wollen, Sie. — Sie, die jetzt des allgemeinen Elendes lachen.

Wenn nun zu den äußern Bewegungsgründen noch die innern hinzu kommen, eines Triebes zu schonen, den uns die Natur gab, um damit zu w u c h e r n, nicht ihn, eh wir mündig werden, zu verschleudern; wenn die gänzliche Vertäubung unsers innern Nerven uns mit einer f u r c h t b a r e n   A r m u t h   a n   W o n n e g e f ü h l   f ü r   u n s e r   g a n z e s   L e b e n   b e d r o h t worauf könnten wir Jünglinge, die an der Schwelle des Lebens stehen, wohl eifersüchtiger seyn, als auf die geringste Verletzung der Grundsätze, die uns die richtige Anwendung dieses Triebes auf ewig befestigen? Hier Schwärmerey zu rufen, wo der e r s t e Entschluß a l l e s ist — seitab vom Rosengebahnten Wege herzhaft auf Dornen zu treten, die uns zum Glück eines Halbgotts führen, von [42] dem unsern Gegnern bis auf die Vorempfindung fehlt — ist, und muß uns wahres Kriegesgeschrey sein, daß alle unsere moralischen Gefühle empört, mag auch die Stimme, die uns das zurief, noch so süß und Syrenenmäßig tönen. Ja, je zaubrischer sie ist, desto mehr verdopple sich unsere Wuth, ihr zu entweichen, nach dem Maaß, als die Waffen, die man gegen unsern Entschluß anwendet, gefährlicher werden, der wahrhaftig keiner von den leichten ist. Ach in einer Welt, wo das geringste Wanken und Zweifeln an seiner Hofnung schon Fall und Untergang ist, wo tausend Augen uns entgegen buhlen, tausend Busen uns entgegen streben, die oft von der Nothwendigkeit, oft von der Falschheit, oft, welches die fürchterlichste aller Versuchungen ist, vom Irrthum, mitleidenswürdigen Irrthum, der ihnen nicht benommen werden kann, gegen uns bewafnet werden, die, da Liebe und Leiden- [43] schaft auf ihrer Seite sind, uns keine andere Wahl als die eines Bösewichts oder eines Elenden übrig lassen — ach meine Freunde, der Kranz hängt oben, und der Fels ist glatt. Nur eine kann eure Leidenschaft haben, wenn die andern euer Mitleiden, eure Liebkosungen vielleicht, eure Dienstleistung (denn wem seyd ihr sie mehr schuldig, als dem in unsrer kalten Welt so hülflofen Geschlecht?) kurz allen äußerlichen Anschein eurer Leidenschaft haben. Laßt euch das nicht reuen, seyd edel, opfert auf, ohne Wiederwillen, alles, was man von euch fodert, alles — nur nicht euer Herz. Dies kann niemand fodern, niemand — auch die behendesten Kokettenkünste nicht — erschleichen, und wenn euer Herz euer ist, wird eure Tugend gewiß sicher seyn. Bleibt Meister eurer Herzen, und ihr bleibt Meister der Welt. Verachten könnt ihr sie mit all ihrem Gewirr äußerer Umstände und Zwangmittel, die [44] nur Zwangmittel für Sclaven sind, die den Adel des Funkens nicht kennen, der in ihnen lodert, und der die Verheißungen der ganzen Erde hat.

44

Wer kann das Namenlose, ängstige Gefühl, für welches wir doch immer nur Zerstreuungen vergeblich aufsuchen, dunkel genug ausmahlen, daß alle unsere Fiebern tödlich durch schauert, wenn wir, bey Erschöpfung unseres inneren Sinnes, das ganze irrdische und sterbliche unserer Substanz inne werden, inne werden die furchtbare Lücke, die sich zwischen unserer Anhänglichkeit an die Welt und zwischen allem, was wir sonst in ihr schätzbar und genießbar fanden, einstellt. Da also alles Glück in der Welt auf unsere innere Beschaffenheit und Empfänglichkeit desselben ankommt, welche Drachen sind feurig genug, diesen Eingang desselben zu bewahren? sollte auch die Gefahr, [45] womit er bedroht wird, durch einen optischen Betrug sich uns größer abbilden, als sie in der That ist. Selbst dieser optische Betrug ist ein Verwahrungsmittel der Natur, das uns wenigstens in Betracht derer heilig seyn sollte, die noch nicht reife Einsichten genug erworben haben, die wirkliche Gestalt dieser Gefahren mit ihrem Verstande zu beleuchten. Für diese aber Karten aufzuzeichnen und zu illuminiren, ist, wie Herr W. selbst eingestehen wird, ein höchst mißliches und gefahrvolles Unternehmen, zu dem nicht bloß poetisches Talent und Kenntniß der Welt, sondern auch eine große Dosis von Güte des Herzens erfodert wird, die sich lieber in ein dunkles Licht stellen, als durch ein verborgtes feyerliches Ansehen und Hohngelächter allen Muth in jungen zur Tugend aufstrebenden Herzen niederschlagen will.

Wie aber, wenn Herr W. selbst ein [46] Märtyrer der Philosophie seiner Zeiten geworden wäre, und durch eine der schönsten und unglücklichsten Leidenschaften bis auf einen Grad der Verzweiflung gebracht, den man an gefühligen Seelen nicht innig genug bedauren und verehren kann, aus Verdruß übers menschliche Geschlecht einer Schwärmerey gespottet hätte, die seine Jugend so unglücklich machte. Wenn der Beyfall, mit dem seine ohnehin dahin gestimmten Zeitgenossen diese mit allen Waffen seines Witzes und seiner aufgebrachten Einbildungskraft gerüsteten Spöttereyen aufgenommen, ihn auf dem einmal beschrittenen Wege immer weiter fortgerissen, bis er aus dem süßen Taumel des allgemeinen Zujauchzens erwachte, inne hielt, die leeren Köpfe, die mit ihm gelaufen waren, seitab auf bessere Wege zu führen suchte, wo sie wenigstens nicht Ursache hätten, zu bereuen, daß sie die Verirrungen eines feurigen Genies für Lehren der Weißheit und Tu- [47] gend gehalten — — o mein liebenswürdiger Freund! reichen Sie mir Ihre Hand, und ich will Ihr Herz so sehr verehren, als ich Ihren Geistesgaben meine Bewunderung nie habe entziehen können. Und wie könnte Ihr Vaterland sodann undankbar gegen einen Dichter seyn, der selbst durch den zufälligen Schaden, den er verursacht, unzählige Jünglinge, b e s s e r e r Z e i t e n belehrt hat, die Abwege einer zu schnellen Einbildungskraft, eines zu empfindlichen und reitzbaren Herzens zu vermeiden und sowohl aus Ihrem Exempel als aus den Abdrücken nicht aus der Luft gehaschter, sondern bewährter Erfahrungen menschlichen Lebens (dem ächten Probierstein wahrer Dichter) weise zu werden. Wie könnte Ihr Vaterland, ohne alles Blut in seinen Adern empört zu fühlen, eine Niobe in Ihrem Zimmer vermuthen und nicht die Ursache dieser Thränen zu erforschen und wegzuräumen suchen? Nein, würdiger Kriegesmann, der [48] noch in seinem Alter dem Feinde entgegen gehen und irgend eine Kugel auffangen will, einem Jüngeren das Leben zu retten, das sollen Sie nimmer, nimmer, sondern Ruhe — Dichterruhe auf Lorbeern Ihre Strafe seyn.

Beilagen.

I. Aus der Handschrift des »Pandämonium Germanicum«.

G l e i m tritt herein mit Lorbeern ums Haupt, ganz erhitzt, in Waffen. Als er den neckischen tollen Hauffen sieht, wirft er Rüstung und Lorbeer von sich, setzt sich zu der Leyer und spielt. Der ernsthafte Zirkel wird aufmerksam, Utz tritt aus demselben hervor, und löst G l e i m e n ab. Der ernsthafte Zirkel tritt näher. E i n j u n g e r M e n s c h folgt Utzen, mit verdrehten Augen, die Hände über dem Haupt zusammengeschlagen:

Ω $\pi\omega$ ποι, was für ein Unterfangen, was für eine zahmlose und schaamlose Frechheit ist dies? Habt ihr sowenig Achtung für diese würdige Personen, ihre Augen und Ohren mit solchen Unfläthereyen zu verwunden? Erröthet und erblaßt, ihr sollt diese Stelle nicht länger mehr schänden, die ihr usurpirt habt, heraus mit euch Bänkelsängern, Wollustsängern, Bordellsängern, heraus aus dem Tempel des Ruhms!

Ein Paar Priester folgen dicht hinter ihm drein, trommeln mit den Fäusten auf die Bänke, zerschlagen die Leyer und jagen sie alle zum Tempel hinaus. W i e l a n d bleibt allein stehen, die Herren und Damen beweisen ihm viel Höflichkeiten, für die Achtung die er ihnen bewiesen.

W i e l a n d. Womit kann ich den Damen itzt aufwarten, ich weiß in der Geschwindigkeit wahrhaftig nicht — sind Ihnen Sympathieen gefällig — oder Briefe der Verstorbnen an die Lebendigen — oder ein Heldengedicht, eine Tragödie?

Kramt all seine Taschen aus. Die Herrn und Damen besehen die Bücher und loben sie höchlich. Endlich weht sich die eine mit dem Fächer, die andere gähnend:

Haben Sie nicht noch mehr Sympathieen?

W i e l a n d. Einen Augenblick Geduld, wir wollen gleich was anders finden — nur einen Augenblick, gnädige Frau!

lassen Sie sich doch die Zeit nur nicht lang werden. (Geht herum und findet die zerbrochene Leyer, die er zu stimmen anfängt.) Wir wollen sehn, ob wir nicht darauf was herausbringen können.

Spielt. Alle Damen halten sich die Fächer vor den Gesichtern. Hin und wieder ein Gekreisch:

Um Gottes willen, hören Sie auf!

Er läßt sich nicht stören, sondern spielt immer feuriger.

Die Franzosen. Oh le gaillard! Les autres s'amusoient avec des grisettes, cela debauche les honnetes femmes. Il a bien pris son parti au moins.

Chaulieu und Chapelle Ah ça, descendons notre petit (lassen Jakobi auf einer Wolke von Nesseltuch nieder, wie einen Amor gekleidt), cela changera bien la machine.

Jakobi spielt in den Wolken auf einer deinen Sakvioline. Die ganze Gesellschaft fängt an zu danzen. Auf einmal läßt er eine ungeheure Menge Papillons fliegen.

Die Damen (haschen). Liebesgötterchen! Liebesgötterchen!

Jakobi (steigt aus der Wolke in einer schmachtenden Stellung). Ach mit welcher Grazie! —

Wieland. Von Grazie hab ich auch noch ein Wort zu sagen.

Spielt ein anderes Stück. Die Dames minaudiren entsetzlich. Die Herren setzen sich einer nach dem andern in des Jakobi Wolke und schaukeln damit. Viele setzen die Papillons unters Vergrösserungsglaß und einige legen den Finger unter die Nase, die Unsterblichkeit der Seele daraus zu beweisen. Eine Menge Offiziers machen sich Kokarden von Papillonsflügeln, andere kratzen mit dem Degen an Wielands Leyer, sobald er zu spielen aufhört. Endlich gähnen sie alle.

Eine Dame, die, um nicht gesehen zu werden, hinter Wielands Rücken gezeichnet hatte, unaufmerksam auf alles was vorgieng, giebt ihm das Bild zum Sehen. Er zuckt die Schultern, lächelt bis an die Ohren hinauf, reicht aber doch das Bild großmüthig herum. Jedermann macht ihm Complimente darüber, er bedankt sich schönstens, steckt das Bild wie halb zerstreut in die Tasche und fängt ein ander Stück zu spielen an. Die Dame erröthet. Er spielt. Die Palatine der Damen kommen in Unordnung, weil die Herrchen zu ungezogen werden. Er winkt ihnen lächelnd zu und Jakobi hüpft wie unsinnig von einer zur andern umher. Alle klatschen wohllüstig gähnend:

Bravo, bravo, bravo! le moyen d'entendre quelque chose de plus ravissant!

G o e t h e (stürzt herein in den Tempel, glühend, einen Knochen in der Hand). Ihr Deutsche? — Hier ist eine Reliquie eurer Vorfahren. Zu Boden mit euch und angebethet, was ihr nicht werden könnt.

W i e l a n d macht ein höhnisches Gesicht und spielt fort. J a k o b i bleibt mit offenem Mund und niederhangenden Händen stehen.

G o e t h e (auf Wieland zu). Ha daß du Hecktor wärst und ich dich so um die Mauren von Troja schleppen könnte! (Zieht ihn an den Haaren herum.)

D i e   F r a u e n z i m m e r. Um Gotteswilln, Herr Goethe, was machen Sie?

G o e t h e. Ich will euch spielen, obschon's ein verstimmtes Instrument ist. (Setzt sich, stimmt ein wenig und spielt. Alles weint.)

W i e l a n d (auf den Knieen). Das ist göttlich!

J a k o b i (hinter ihm, gleichfalls auf Knieen). Das ist eine Grazie, eine Wonnegluth!

E i n e   g a n z e   M e n g e   D a m e n (Goethen umarmend). O Herr Goethe! Die Chapeaux werden ernsthaft, einige lauffen heraus, andere setzen sich die Pistolen an die Köpfe, setzen aber gleich wieder ab. Der K ü s t e r, der das sieht, läuft und stolpert aus der Kirche.

II. Aus den »Meynungen eines Layen«.

Leipzig 1775 S. 113–119.

Nun noch ein Wort für die galante Welt. Wir haben itzt das Säkulum der schönen Wissenschaften. Paradox und seltsam genug würd' es lassen, zu sagen, daß sich aus den Schriften der Apostel so wie überhaupt aus der Bibel, eben so [114] gut eine Theorie der schönen Künste abstrahiren ließe, wie aus dem großen Buche der Natur. Verstehn Sie mich nicht unrecht, ich sage dies nicht grade zu, ich will Ihnen nur einen Wink geben, daß die wahre Theologie sich mit dem wahren Schönen in den Künsten besser vertrage, als man beym ersten Anblick glauben möchte. Diesen Satz weiter auszuführen, würde mich hier zu weitläufig machen, erlauben Sie mir nur, ein paar hier nicht her zu gehören scheinende Anmerkungen anzuhängen, ehe ich schließe. Man fängt seit einiger Zeit in einer gewissen Himmelsgegend sehr viel an, von Sensibilité (bey den Deutschen Empfindsamkeit) zu diskuriren, zu predigen, zu dichten, zu agiren, und ich weiß nicht was. Ich wette, daß der hundertste, der dies Wort braucht, nicht weiß was er damit will, und doch wird das Wort so oft gebraucht, daß es fast der Grundsatz aller unsrer schönen Künste, ohne daß die Künstler es selbst gewahr werden, geworden ist. Der Grundsatz unserer schönen Künste ist also noch eine qualitas occulta, denn wenn ich alle Meynungen derer, die das Wort brauchten, auf Zettel geschrieben, in einen Topf zusammen schüttelte, wette ich, ein jeder würde dennoch dieses Wort auf seine ihm eigene Art verstehen [115] und erklären. Und das ist auch kein Wunder, da wir als Individua von einander unterschieden sind, und seyn sollen, und also jeder sein individuelles Nervengebäude, und also auch sein individuelles Gefühl hat. Was wird aber nun aus der Schönheit werden, aus der Schönheit, die wie Gott ewig und unveränderlich, sich an keines Menschen Gefühl binden, sondern in sich selbst die Gründe und Ursachen ihrer Vortreflichkeit und Vollkommenheit haben soll? Homer ist zu allen Zeiten schön gefunden worden, und ich wette, das roheste Kind der Natur würde vor einem historischen Stücke von Meisterhand gerührt und betroffen stehen bleiben, wenn er nur auf irgend eine Art an diese

51

Vorstellungen gewöhnt wäre, daß er gewisse bestimmte Begriffe damit zu verbinden wüste. Dessen kann sich aber das Miniaturgemählde und das Epigramm nicht rühmen, und jener macht eben so wenig Anspruch auf den Titel eines Virtuosen in der Mahlerey, als dieser auf den Titel eines Genies κατ εξοχην, eines Poeten, wie Aristoteles und Longin dieses Wort brauchten, eines Schöpfers. Das muß doch seine Ursachen haben. Ja, und die Ursachen liegen nicht weit, wir wollen nur nicht drüber wegschreiten, um sie zu suchen. Sie liegen[116] darinn, daß jene Produkte hervorzubringen, mehr Geist, mehr innere Konsistenz, und Gott gleich stark fortdaurende Wirksamkeit unserer Kraft erfordert wurde, welche bey dem, der sie lieset oder betrachtet, eben die Erschütterung, den süßen Tumult, die entzückende Anstrengung und Erhebung aller in uns verborgenen Kräfte hervorbringt, als der in dem Augenblicke fühlte, da er sie hervorbrachte. Es ist also immer unser Geist, der bewegt wird, entflammt, entzückt, über seine Sphäre hinaus gehoben wird — nicht der Körper mit samt seiner Sensibilité, mag sie auch so fein und subtil seyn als sie wolle. Denn das Wort zeigt nur ein verfeinertes körperliches Gefühl an, das ich durchaus nicht verkleinere, verachte, noch viel weniger verdamme, behüte mich der Himmel! verfeinert euren Körper ins unendliche wenn ihr wollt und wenn ihr könnt, distillirt ihn, bratet ihn, kocht ihn, wickelt ihn in Baumwolle, macht Alkoholl und Alkahest draus, oder was ihr wollt — der ehrliche Deutsche, der noch seiner alten Sitte getreu, Bier dem Champagner, und Tabak dem eau de mille fleurs vorzieht, der nur einmal in seinem Leben heyrathet, und wenn sein Weib ihm Hörner aufsetzen will, sie erst modice castigat, dann prügelt, [117] dann zum Haus nausschmeißt, hat einen eben so guten Körper als ihr, und noch bessern wann ihr wollt, wenigstens dauerhafter, weiß er ihn nicht so schön zu tragen als ihr, nicht so artig zu beugen, nicht so gut zu salben und zu pudern, er braucht ihn wozu er ihn nöthig hat — und sucht das Schöne — wenn der Himmel anders unser Vaterland jemals damit zu beglücken, beschlossen hat — nicht in dem, was seine verstimmte Sensibilität in dem Augenblicke auf die leichteste Art befriedigt, oder vielmehr einschläfert, sondern in dem, was seine männliche Seele aus den eisernen Banden seines Körpers losschüttelt, ihr den elastischen Fittig spannt, und sie hoch über den niedern Haufen weg in Höhen führet, die nicht schwärmerisch erträumt, sondern mit Entschlossenheit und Bedacht gewählt sind. Da mihi figere pedem, ruft er, nicht mit halbverwelkten Blumen zufrieden, die man ihm auf seinen Weg wirft, sondern Grund will er haben, felsenvesten Grund und steile Höhen drauf zaubern, wie Göthe sagt, die Engel und Menschen in Erstaunen setzen. Ist es Geschichte, so dringt er bis in ihre Tiefen, und sucht in nie erkannten Winkeln des menschlichen Herzens die Triebfedern zu Thaten, die Epochen machten, ist [118] es Urania, die seinen Flug führt, ist es die Gottheit, die er singt, so fühlt er das Weltganze in allen seinen Verhältnissen wie Klopstock, und steigt von der letzten Stuffe der durchgeschauten und empfundenen Schöpfung zu ihrem Schöpfer empor, betet an — und brennt — ist es Thalia, die ihn begeistert, so sucht er die Freude aus den verborgensten Kammern hervor, wo der arbeitsame Handwerker nach vieler Mühe viel zu genießen vermag, und der Narr, der euch zu lachen machen soll, ein gewaltiger Narr seyn muß, oder er ist gar nichts. Ists endlich die Satire selbst, die große Laster erst zur Kunst machten, wie große Tugenden und Thaten die Epopee, so schwingt er die Geißel muthig und ohne zu schonen, ohne Rücksichten, ohne Ausbeugungen, ohne Scharrfüße und Komplimente grad zu wie Juvenal, je größer, je würdigerer Gegenstand zur Satire, wenn du ein Schurke bist — kurz —

Wo gerathe ich hin? Ich habe nur mit zwey Worten

anzeigen wollen, daß weder Nationalhaß, noch Partheylichkeit, noch Eigensinn und Sonderbarkeit mich begeisterten, wenn ich jemals Unzufriedenheit über die französische Bellitteratur, die so wie alle ihre Gelehrsamkeit [119] mit ihrem Nationalcharakter wenigstens bisher noch immer in ziemlich gleichem Verhältniß gestanden, bezeugt habe: doch das ist grad zu und ohne Einschränkung noch nie geschehen, und geschicht auch jetzt nicht.

Fußnoten

[A] Zu Weinholds Angaben und den infamierenden Bruchstücken S. 331 ff. füge man etwa noch den Satz auf einem Strassburger Folio: »So lange Philosophie restinirter Müssiggang und Beschaulichkeit des Lebens anderer ist, so bedank ich mich vor denen Sokraten. Und insofern hat Aristophanes immer recht wider sie gehabt.«

[B] Wobey man sich freylich die Hand beschmieren muß.

[C] In den Berlinischen Litteraturbriefen.

[D] Siehe die vom seel. Prof. Hartmann in den Merkur eingerückte Skiagraphie einer Weltgeschichte.

[E] Ich verstehe hier den Verfasser der deutschen Philosophie der Geschichte und der Ursachen des gesunkenen Geschmacks, die in Berlin den Preiß erhalten.

[F] Ich habe mich geirrt, es gehört auch noch eine gewisse Belesenheit in andern Journalen und irgend ein Buch, das von einer ähnlichen Materie handelte, zur Hand dazu, aus denen man denn allenfalls einige Citata nachschlägt und ausschreibt. Siehe die neuesten Rezensionen.

[G] Meine Freunde werden wissen, mit welchem Enthusiasmus ich sonst von diesem Meisterstück der sanfteren komischen Muse W., ich meyne der Musarion zu reden gewohnt bin. Welche ruhige Farbemischung, welche herrliche lebendige Schattirung der Characktere!

Herrosé & Ziemsen, Wittenberg.

www.ingramcontent.com/pod-product-compliance
Lightning Source LLC
Chambersburg PA
CBHW030901260626
47169CB00008B/2638